AŞK

BAZEN...

Derleyen:

Serpil Öner

Yayın Danışmanı : Mehmet Öner
ISBN : 978-975-01036-6-7

Baskı Yeri ve Tarihi : İstanbul, 2007
Kapak Tasarım : R. Sermet Öner
İç Düzen : Kerim Poyraz
Baskı ve Cilt : Mega Basım

Çobançeşme Mah.
Kalender Sok. No:9
34196 Yenibosna / İstanbul

**CREA YAYINCILIK MEDYA REKLAM ORGANİZASYON EĞİTİM
DANIŞMANLIK HİZMETLERİ SANAYİ VE TİCARET LİMİTED ŞİRKETİ**
Fatih Mah. İzmir Cad. No: 1/8 Büyükçekmece 34500 İstanbul
Tel : 0212 883 00 33 Faks: 0212 883 69 33
bilgi@creakitap.com www.creakitap.com

AŞK

BAZEN...

Derleyen:

Serpil Öner

İçindekiler

- Aşk bazen...
- Bilgi damlacığı
- Hayat işte
- Seninle Olmanın En Güzel Yanı
- Böyle Bir Sevmek
- Çocuk gözüyle...
- Sen benim;
- Mutlu aşk vardır...
- Unutulmaz aşk filmleri...
- Kadın erkek üstünlüğü
- Ne zaman öğrendim?
- Kadınların eş ve sevgili kriterleri
- Çiçeklerin Dili
- Sevi Şiiri
- Yaşayalım ki
- Bir Dost
- İlişkilerinizde yararlanmanız için burçlar hakkında ipuçları
- Burçlar
- Aşkın ve ilişkinin mizahı
- Aşka dair kimler ne söyledi?
- Sonsöz

"buzdan evimiz
tuzdan aşımız
ateşten aşkımız vardı
ve...
yağmur yağdı, demiş şair. Ben de derim ki evimizde buzun soğukluğu değil, ılık meltem rüzgarları essin. Aşkımızın üzerine yağan yağmurlar, tropikal yağmurlar gibi kısa, geçici ve sıcaklığı düşüremeyen yağmurlar olsun"

17 yaşın coşkusunu ve güzelliklerini yaşayan, nişanlı bir genç kızken hatıra defterime yazılan bu satırların, gün gelip de bir kitabın ilk satırları olacağını hiç düşünmemiştim.

Aradan geçen yıllarda, benim aşkımın üzerine buzun soğukluğu hiç düşmedi. Gün oldu tuz, aşımız oldu. Gün oldu her yeri karakışın soğukluğu sardı. Ama hiçbiri aramızdaki sıcaklığı düşüremedi. Bir çift göz ve bir çift elde bulduğum sıcacık sevgi beni hiç bırakmadı. Bazen sevgili, bazen arkadaş, bazen dert ortağı, bazen koruyucu... Ama hep yanımda olan, benden hiç ayrılmayan bir sevginin varlığıyla yaşadım.

Gördüm ki, geçen yıllar, aşkın da değerini artırırmış şarap gibi. Bir şiirde söylendiği gibi; "Değerini bilmek gerekir aşkın / Ve ona kattığı değeri yılların" Aşk değişik kılıklarda çıkıyor karşımıza. Hepimiz aşkı farklı yorumluyoruz. Nasıl yorumlarsak yorumlayalım, aşklarımızda kedere ve üzüntüye ilşkin bir damla dahi olmasın. Hep güzelliğini yaşayalım aşkın.

Bu çalışmada aşkın hep güzel yanlarını göstermeye çalıştım. Bazen küçük hikâyeler, bazen ufak bilgi damlacıkları, bazen eğlenceli yönler, bazen duygusal anlatımlar. Çünkü "Aşk bazen..." her şeydir.

Bütün sevenlere, sevmeyi ve sevilmeyi hak edenlere armağan ediyorum. Aldığınız ve verdiğiniz en büyük armağan aşkınız olsun.

Serpil Öner

Birdenbire

Her şey birdenbire oldu.
Birdenbire vurdu gün ışığı yere;
Gökyüzü birdenbire oldu;
Mavi birdenbire.
Her şey birdenbire oldu;
Birdenbire tütmeye başladı duman topraktan;
Filiz birdenbire oldu, tomurcuk birdenbire.
Yemiş birdenbire oldu.

Birdenbire,
Birdenbire;
Her şey birdenbire oldu.
Kız birdenbire, oğlan birdenbire;
Yollar, kırlar, kediler, insanlar...
Aşk birdenbire oldu,
Sevinç birdenbire.

(Orhan Veli Kanık)

Aşk bazen...

Bir partide karşılaşmışlardı. Daha doğrusu delikanlı kızı görmüştü sadece. Kızın harika bir güzelliği vardı ve tüm delikanlılar etrafında pervane olmuşlardı. Cesaretini toplayıp yaklaşamamıştı kızın yanına.

Partinin sonuna doğru, tüm cesaretini toplayıp kızın yanına yaklaştı ve bir yerde kahve içmeye davet etti onu. Kız parti boyunca dikkatini çekmeyen, çekingenliği her tavrından adeta fışkıran bu delikanlının davetine şaşırmıştı. O, etrafında parti boyunca dolaşan gençlerden biri değildi. Onun kibarlığına ve nezaketine karşı kabalık yapmaktan çekinerek, sadece mahçup olmamak için "evet" dedi.

Sokağın köşesindeki şirin kafeteryaya oturdular. Alelacele kahvelerini söylediler. Kız sürekli delikanlıyı izliyordu. Delikanlı öyle heyecanlıydı ki, kalbinin çarpmasından konuşamıyor, elleri titriyor, söylemek istediği şeyi söyleyemiyormuş gibi tedirgin bir şekilde oturuyordu. Kızın yüzüne de bakamıyordu.

Onun bu hali kızın da huzurunu kaçırdı. "Ben artık gideyim" demeye hazırlanırken, delikanlı birden garsonu çağırdı:

"Bana biraz tuz getirir misiniz?" dedi. "Kahveme koymak için."

Yan masalardan bile şaşkın yüzler delikanlıya baktı. Kahveye tuz? Delikanlı bir anda kıpkırmızı oldu, ama garsonun getirdiği tuzu, gayet normal tavırlarla kahvesine döktü ve içmeye başladı.

Kız, merakla "Garip bir damak tadınız var." dedi. Delikanlı arkasına yaslandı cesaret toplamak ister gibi. Bir an soluklandı. Sanki anlatacaklarını toparlamak istiyor gibiydi:

"Çocukken deniz kenarında yaşardık. Hep deniz kenarında ve denizde oynardım. Denizin tuzlu suyunun tadı ağzımdan hiç eksilmedi. Bu tatla büyüdüm ben. Bu tadı çok sevdim. Kahveme tuz koymam bundan. Ne zaman o tuzlu tadı dilimde hissetsem, çocukluğumu, deniz kenarındaki evimizi ve mutlu ailemi hatırlıyorum. Annemle babam hala o deniz kenarında oturuyorlar. Onları ve evimi öyle özlüyorum ki..."

Bunları söylerken gözleri nemlenmişti delikanlının. Kız dinlediklerinden çok etkilenmişti. İçini bu kadar samimi döken, evini, ailesini bu kadar özleyen bir adam, ev ve aile ortamını seven biri olmalıydı. Evini düşünen, evini arayan, evini sakınan, aile duygusu olan biri olması kızın hoşuna gitmişti.

Kız da konuşmaya başladı. Onun da evi uzaklardaydı. O da ailesini anlattı.

Çok şirin, tatlı ve sıcak bir sohbet olmuştu. İki tarafın da çekinerek, ama merakla başladıkları sohbet, ikisinde de farklı duyguların ortaya çıkmasını sağlamıştı. Buluşmaya ve sohbet etmeye devam ettiler. Onların öyküsü çok hoş bir öyküydü. Birbirlerini dinliyorlar, dinlemekten öte çok iyi anlıyorlar, bir arada geçen zamanlarında çok mutlu oluyorlardı. Sanki prenses ve prens karşılaşmıştı.

Her güzel öyküde olduğu gibi, prenses ve prens evlendiler. Hep çok mutlu yaşadılar. Prenses ne zaman kahve yapsa prensine, içine bir kaşık tuz koydu, hayatları boyunca. Onun böyle sevdiğini biliyordu çünkü.

Aradan 40 yılı aşkın bir süre geçtikten sonra, önce erkek veda etti dünyaya. "Ölümümden sonra aç" diye bir mektup bırakmıştı sevgili karısına. Şöyle diyordu satırlarında:

"Sevgilim, bir tanem! Lütfen beni affet. Bütün hayatımızı bir yalan üzerine kurduğum için beni affet. Sana hayatımda bir tek kez yalan söyledim; tuzlu kahvede. İlk buluştuğumuz günü hatırlıyor musun? Öyle heyecanlı ve gergindim ki, şeker diyecekken 'Tuz' çıktı ağzımdan. Sen ve herkes bana bakarken, değiştirmeye o kadar utandım ki, mecburen devam ettim. Bu yalanın, bizim ilişkimizin temeli olacağı hiç aklıma gelmemişti. Sana gerçeği anlatmayı defalarca düşündüm. Ama her defasında korkup vazgeçtim. Senin sevgini kaybetmekten korkuyordum. Şimdi ölüyorum. Sana her zaman dürüst olmaya çalıştım. Bunu da başardığımı biliyorum. Sadece tuzlu kahve konusundaki yalanımı seninle paylaşamadım. Bu yalanı kendimle götüremezdim.

İşte gerçek: Ben tuzlu kahve sevmem! O garip ve rezil bir tat. Ama seni tanıdığım andan itibaren bu rezil kahveyi iç-

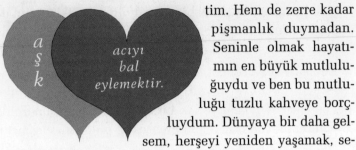

tim. Hem de zerre kadar pişmanlık duymadan. Seninle olmak hayatımın en büyük mutluluğuydu ve ben bu mutluluğu tuzlu kahveye borçluydum. Dünyaya bir daha gelsem, herşeyi yeniden yaşamak, seni yeniden tanımak ve bütün hayatımı yeniden seninle geçirmek isterim. İkinci bir hayat boyu daha tuzlu kahve içmek zorunda kalsam da seninle yaşamak isterim."

Yaşlı kadının gözyaşları mektubu sırılsıklam ıslatmıştı o gün. O mektubu ne zaman tekrar okusa, ilk buluştukları gün ve mutluluk içinde yaşadıkları kırk yılı aşan evlilikleri gözünde canlanıyordu.

Bir gün hikâyelerini anlattığı dostlarında biri, kadına "Tuzlu kahve nasıl bir şey?" diye soracak oldu. Gözleri nemlendi kadının;

"Çok tatlı!" dedi. "Çok tatlı!" (Richard Fawler'dan)

Aşk bazen...

*Y*eni evli bir çift, evliliklerinin daha ilk aylarında, bu işin hiç de hayal ettikleri gibi olmadığını anlamışlardı. Aslında birbirlerini çok seviyorlardı. Son zamanlarda o kadar çok olmasa da, evlenmeden önce birbirlerini çok sevdiklerine dair ne kadar da dil dökmüşlerdi.

Ama şimdilerde küçük bir söz, ufak bir olay, önemsiz de olsa aralarında bir kavganın çıkmasına yetiyordu.

Bir akşam oturup ilişkilerini gözden geçirmeye karar verdiler. Her ikisi de ayrılmayı istemiyorlardı. Ama işlerin böyle gitmeyeceğinin farkındaydılar.

Erkek, "Aklıma bir fikir geldi" dedi.

"Bahçeye bir ağaç dikelim ve bu ağaç üç ay içinde kurursa ayrılalım. Kurumaz da büyürse bunu bir daha aklımızdan geçirmeyelim. Bu süre içinde de ayrı odalarda kalalım."

Bu ilginç fikir kadının da hoşuna gitti. Ertesi gün gidip bir meyve fidanı aldılar ve birlikte bahçeye diktiler. Odalarını ayırmışlardı. Birbirlerine hissettirmeden fidanı izliyorlardı.

Aradan bir ay geçti. Bir gece bahçede karşılaştılar:

aşk *sevdiğini söyleyememektir.*

Her ikisinin de elinde içi su dolu birer bidon vardı.

Ona söyle: Onu gerçekten sevmedim
Ona söyle: Onu bir daha görmek istemiyorum
Ona söyle: Onu çoktan unuttum
Ama sakın bunları
gözyaşları içinde söylediğimi söyleme

Aşk bazen...

*K*adın, eşinin eve dönüş saatlerine yakın pencereden bakarken, evlerinin kapısının önünde üç kişinin gölgesini görür gibi oldu. Kapıda üç kişi bekliyordu galiba. "Kapı çalındı da duymadım mı?" diye düşünerek kapıya doğru ilerledi. Kapıyı açtığında uzun ve bayaz sakalları olan, nur yüzlü üç yaşlı adam gördü.

"Hava soğuk, üşümüş olmalısınız. İçeri buyurmaz mısınız? Hem akşam da oluyor. Hep birlikte akşam yemeği yeriz" dedi.

İhtiyarlardan biri:

"Kocanız evde mi?" diye sordu.

"Hayır" dedi kadın. "Dışarıda ama biraz sonra gelir. Siz buyurun oturun"

"Kocan yoksa gelemeyiz" dediler. "Kocan geldiğinde davet edersin bizi."

Biraz sonra kocası eve geldi. Biraz sohbetten sonra kadın, az önce olanları anlattı kocasına. Adam;

"Ben de görmüştüm onları. Ama kapının yanında olmadıkları için bir şey söylememiştim. Onlara eve geldiğimi söyle ve davet et " dedi. Kadın dışarı çıktı ve sokağa baktı. Yaşlı adamlar biraz ileride bekliyorlardı. Tekrar seslendi: "Buyurmaz mısınız? Kocam az önce geldi. Sizleri bekliyoruz."

İçlerinden biri;

"Benim adım Sevgi. Bu arkadaşım Zenginlik, bu arkadaşım da Başarı'dır. Biz bir eve hep beraber girmeyiz" dedi. "Eşinle konuş, hangimizi davet edeceğinize karar verin."

Kadın eve girdi, olanları kocasına anlattı. Kocası çok sevindi:

"Ne kadar güzel" dedi. "Zenginliği davet edelim, gelsin ve evimizi zenginlikle doldursun" dedi. Kadın:

"Neden Başarı' yı davet etmiyoruz?" dedi. O sırada olan biteni sadece dinleyerek anlamaya çalışan küçük kızları:

"Sevgi' yi davet etsek daha iyi olmaz mı?" diye sordu. "O zaman evimiz sevgiyle dolar" Adam:

"Bence kızımızın tavsiyesine uyalım" dedi. "Sevgi' yi davet edelim. Sevgi konuğumuz olsun". Kadın tekrar dışarı çıktı ve Sevgi'yi seçtiklerini ve davet etmek istediklerini söyledi.

Sevgi yerinden kalktı ve eve doğru yürümeye başladı. Arkasından iki arkadaşı da yerlerinden kalktı ve onu takip etmeye başladılar. Kadın şaşkınlıkla:

"Hani sadece biriniz davetimizi kabul edebiliyordunuz. Siz neden geliyorsunuz? Ben sadece Sevgi' yi davet etmiştim." Sevgi adındaki yaşlı adam cevap verdi:

aşk

başarı ve zenginliktir.

"Eğer siz Zenginlik veya Başarı' yı davet etmiş olsaydınız, diğer ikimiz dışarıda kalacaktık, ama siz beni, yani Sevgi'yi davet ettiniz. Ben nereye gidersem, Başarı ve Zenginlik benimle gelir."

Dünya üç günlüktür.
Dün geçti.
Yarının geleceği belli değil.
Öyleyse birlikte bugünün tadını
çıkarmaya ne dersin.

Aşk bazen...

*A*şk, ancak yatakta tedavi edilebilen bir hastalıktır. (Öğrenci)

Kimsenin tedavi olmak istemediği bir şey nasıl hastalık olur? (Doktor)

Aşk, olsa olsa sanattır. (Ressam)

Bu nasıl sanat ki, izleyicisi yok. Aşk, olsa olsa bilimdir. (Aktör)

Böyle bilim mi olur? En başarısız öğrencim bile başarıyor da ben sınıfta kalmışım! (Profesör)

a ş k

herkesin bildiği şeyi farklı görmektir.

Aşk, uğrunda mücadele ister. Aşk, emek vermektir. (İşçi)

Nasıl emek bu? Bizim patron bile onun tarafını tutuyor. Aşk, olsa olsa karşılıksız vermektir. (Mühendis)

Bence biri, bir başkasına bir şey veriyorsa rüşvet de olabilir. (Savcı)

Bir dakika! İki taraf da razı ise bu bir sözleşme sayılır. (Avukat)

Bilgi damlacığı

Kalp neden aşkın sembolü?

*H*er şey beynimizde olup biterken, konu aşk olunca neden kalp, sembol haline geliyor? Bir yerde beynimizden geçen bir şeyden bahsederken kullandığımız "kalbimden geçti" deyimi nasıl ortaya çıkmıştır?

İnsanlığın varlığından beri dünyanın her yerinde duvarların, bankların, ağaçların, okul sıralarının üstüne milyarlarca kalp işareti kazındı. Hepsinin içinden iki ucunda iki başharf olan bir ok geçiyor.

Aslında insanoğlu tam 12 bin yıldır âşık oluyor. Aşkını göstermek için de her yere kalp resimleri çizip duruyor. İlk kez Güney Fransa'da mağara duvarlarına çizilen kalp resmi günümüzde de "en temiz duyguları" ifade etmeye devam ediyor. Hemen her kültürde, her dönemde karşılaştığımız bu kalp figürü nereden çıktı? Neden aşkın simgesi ve sembolü kalp olmuştur? Bugünkü simetrik şeklini tam olarak ne zaman aldı? Bütün bu sorular işi tıbbi olarak kalple ilgilenmek olan bir cerrahın, Prof. Dr. Tayyar Sarıoğlu'nun aklına takılmış ve bu konuda kapsamlı bir araştırma yapmış. Örneğin, kalp sembolünün ayrılmaz parçası olan ok da Ortaçağ'da ortaya çıkmış.

İlk örnekler Güney Fransa'daki mağara adamları: Tarih ve felsefe meraklısı Prof. Dr. Tayyar Sarıoğlu'nun yaptığı araştırmaya göre, kalp resmi, hemen her çağda ve dünyanın her yerinde aşkın sembolü olmuş. Sarıoğlu'nun araştırmasına göre aşkını duvarlara kazıyan ilk romantikler, Fransa'nın güneyinde yaşamış olan Cro-Magnonlar. Son buzul çağından önce (M.Ö. 10000-8000) yaşamış olan ve avcılıkla geçinen bu mağara adamları, kalbin, yaşamın ve canlılığın devamını sağlayan en önemli organ olduğunu keşfettiler. Cro-Magnonlardan kalan mağara resimlerinde günümüzdekine çok benzer kalp figürleri görülüyor.

Afrodizyak bitki kalp şeklinde paranın üzerine basılıyor: En eski bulgulardan biri de Kuzey Afrika'da M.Ö. 700'de kurulan Cyrene şehir devletinin hikâyesinde saklı. Günümüzde Libya sınırları içinde kalan Cyrene, burada yetişen çok değerli Silphium bitkisi nedeniyle o dönemin en önemli ticaret merkezi haline gelmişti. Çünkü Silphium erkekler için çok güçlü bir afrodiziyak etki gösterirken, kadınlar doğum kontolü için kullanıyordu. Silphium bitkisi o kadar değerliydi ki Cyrene paraları üzerinde Silphium resmedilmişti. Bu bir kalp şekliydi ve kalp ile erotik sevgi arasındaki ilişkinin en önemli örneğini oluşturdu.

Zevk Tanrısı Dionisos başında kalp şeklinde taç taşırdı: Eski Mısır'da (M.Ö. 2500-1000) kalp ruhun ve vicdanın merkezi olarak kabul edildi. Ölümden sonra bütün organlar vücuttan çıkarılırken sadece kalp yerinde bırakıldı. Çünkü ölümden sonra kalp, adalet tanrısı Maat'ın huzurunda hesap veriyordu. Eski Yunanlılar (M.Ö. 700-200) ruhun kalbin içinde yerleştiğine inanıyordu. Kalbin kan pompalama fonksiyonunun farkında olan Hipokrat ve Aristo, kalbin aynı zamanda duygu ve düşünce yeteneklerinin de merkezi olduğunu düşünüyordu. Şarap ve zevk tanrısı Dionisos'un başında yapraklardan oluşan kalp şeklinde bir çelenkle tasvir edildiği bir anfora (M.Ö. 500) Yunanlıların kalp, zevk ve mutluluk arasında kurdukları ilişkiyi ortaya koyuyor.

Koluna kalp dövmesi yaptıran İsveç Kralı Magnus: Bugün bildiğimiz simetrik kalp sembolü, Ortaçağ'da popüler olmaya başladı. 13. yüzyılda, kadınların güvenini kazanmış olan İsveç Kralı Magnus Ladulas'ın kolunun üzerinde bir kalp işareti yer alırdı. 1400'lerden kalma "Kalbin Sunuluşu" isimli Fransız duvar halısında, erkeklerin aşık oldukları kadınlara bağlılıkları kalplerini sunarken tasvir edildi. Yine o dönemden beri kullanılan iskambil kartlarında kırmızı kalp en değerli kâğıt grubu oldu.

Yaşamımız kalp atışlarıyla başlıyor, aynı şekilde kalp atışlarıyla bitiyor. Hayatın başlangıcında, hayat boyunca ve hayatın bitişinde kalbin en önemli yeri tutması, ruhun kalpte yerleştiğine olan inancı doğurmuş. Bu da kalbi, aşkın sembolü haline getirmiş.

Aşk bazen...

Elli yıllık hayat arkadaşını kaybeden yaşlı adam, "Onu ne kadar çok sevdim..." diyerek hıçkırıklarla ağlamaya başlamıştı. Yaşlı adamın sesi kalabalığın hüzünlü sessizliğini bozuyordu. Etraftaki diğer aile bireyleri ve dostları şaşkındı. Çocukları babalarının böyle bir günde daha metanetli davranacağını düşünmüşlerdi.

Bir yandan babalarını sakinleştirmek için hareketlenmek istiyorlar, bir yandan da içlerinden böyle bir aşkı nasıl fark edemediklerini düşünüyorlardı. "Babacığım seni anlıyoruz. Biz de senin kadar üzgünüz, ama hep birlikte ayakta durmamız gerekiyor" diyorlardı.

Ancak her teselli etmek istediklerinde babaları "Onu çok sevmiştim" diyordu. Bu olay gün içinde defalarca tekrar etti. Etrafındaki dostları hep bu sözleri duydu yaşlı adamdan: "Onu ne kadar çok sevdim..."

Ayrıntısını anlatmaya gerek olmayan veda töreni bitip herkes ayrılmaya hazırlanırken, yaşlı adam gitmemekte direniyordu. Gözlerini karısının bulunduğu yere dikmiş bakıyordu sadece. Bir dostu yanına yaklaşıp "Kendinizi nasıl hissettiğinizi biliyorum, ama ayrılma zamanı geldi. Hayat devam ediyor." dedi.

aşk sevdiğini söylemektir.

Yaşlı adam çaresizlik içinde bir kez daha "Onu ne kadar çok sevdim ." diyerek söylendi.

"Beni anlamıyorsunuz" dedi.

"Ama ben bunu ona sadece bir kere söyleyebildim."

Bilgi damlacığı

Yukarıda gördüğünüz Çince yazımda aşk, kabullenmenin, hissetmenin veya algılamanın içinde olduğu zarif duyguları gösteren ortadaki kalpten oluşur.

Aşk bazen...

*Y*un Ok adında bir kadının büyük bir sıkıntısı varmış. Dağlarda yaşayan bir ermişten yardım istemeye gitmiş. Bu ermiş yaptığı büyülerle ün salmış biriymiş. İçeri girdiğinde, ermiş gözlerini şömineden ayırmadan, "Neden geldin buraya?" diye sormuş.

Yun Ok, "Çok sıkıntıdayım. Bana bir büyü yap" demiş. "Bana yardım etmezsen, onu tümüyle yitireceğim!"

Ermiş; "Anlat derdini." demiş.

"Eşim," demiş Yun Ok. "O benim için çok önemli. Üç yıldır uzaklarda savaşıyordu. Şimdi döndü, ama ne benimle, ne de başkalarıyla konuşuyor. Ben konuştuğum zaman dinlemiyor. Ağzından birkaç söz çıkıyor. Sevmediği bir şeyi pişirip, önüne koysam, tabağı itip, çekip gidiyor. Pirinç tarlasına çalışmaya gittiğinde, tepede oturup, denizi seyrediyor, çalışmıyor."

"Evet" demiş ermiş kişi. "Genç adamların kimi savaştan döndüğü zaman böyle olur. Devam et."

"Anlatacak başka bir şey yok ermiş kişi. "Eşime bir büyü yap, yap ki eskisi gibi sevecen, nazik ve konuşkan olsun yine."

"Bu kadar mı?" demiş ermiş. "Bir büyü! Peki, üç gün sonra gel, sana o zaman söyleyeyim nasıl bir büyü yapacağımızı."

Yun Ok, üç gün sonra yeniden gitmiş ermişin dağdaki evine.

"Evet" demiş ermiş. "Bir büyü yapabiliriz. Fakat bir kaplanın bıyığı gerekiyor bu büyü için. Bana kaplan bıyığını getirirsen, yaparım sana büyüyü."

Yun Ok hayretle, "Bir kaplan bıyığı mı?" demiş. "Bunu nereden bulacağım?"

"Bu büyü senin için çok önemliyse bulursun." demiş. Başını tekrar şömineye çevirmiş ve susmuş.

Yun Ok evine dönmüş. Oturup, nereden kaplan bıyığı bulacağını düşünmeye başlamış kara kara. Bir gece eşi uyurken, elinde bir kase pirinç ve etle evden çıkmış sessizce. Sonra bir kaplanın yaşadığı bir dağın eteklerine gitmiş. Kaplanın mağarasının yakınlarında bir yerde durup, kaplanı çağırmış getirdiklerini yemesi için, ama kaplan gelmemiş.

Yun Ok, ertesi gece yine kaplanın mağarasına gitmiş, ama bu kez biraz daha yaklaşmış mağaraya. Elinde yine yiyecek varmış. Yun Ok, her gece mağaraya gitmiş, her seferinde daha da yaklaşmış mağaraya. Kaplan Yun Ok'u orada görmeye alışmış yavaş yavaş.

Bir gece Yun Ok kaplanın mağarasına iyice yaklaşmış. Bu kez kaplan kalkıp, ona yaklaşmış. Yun Ok ve kaplan ay ışığında birbirlerine bakmışlar uzun uzun. Ertesi gece de aynı şey olmuş, ama bu kez Yun Ok alçak sesle kaplanla konuşmaya başlamış. Bir sonraki gece kaplan Yun Ok'un yüzüne bakmış ve kendisine uzattığı yemeği yemiş. O geceden sonra Yun Ok kaplanın her gece kendini beklediğini görmüş. Kaplan yemeğini yedikten sonra başını okşuyormuş kaplanın.

İlk karşılaşmalarının üzerinden tam altı ay geçmiş. Yun Ok bir gece kaplanın başını okşadıktan sonra, "Sevgili Kaplan, cömert hayvan, bıyıklarından birini ver bana. Sakın bana kızma!" demiş. Sonra da kaplanın bıyıklarından birini koparıvermiş.

Korktuğu başına gelmemiş, kaplan hiç kızmamış. Yun Ok koşarak dönmüş elinde bıyıkla.

Ertesi sabah ermişin evindeymiş güneş tam denizin üzerinden doğarken.

"Ünlü Ermiş!" demiş. "Aldım! Kaplanın bıyığını aldım. Şimdi bana söz verdiğin büyüyü yap. Eşim şefkatli ve nazik biri olsun yeniden."

Ermiş bıyığı eline alıp incelemiş. Elindekinin gerçekten de bir kaplan bıyığı olduğunu anlayınca, bıyığı ateşe atmış.

"Aman" diye bağırmış kadın şaşkınlıkla. "Ne yaptınız bıyığa?"

"Bunu nereden bulduğunu anlat bana," demiş ermiş.

"Her gece bir kase yemekle dağa gittim. Her gidişimde biraz daha yaklaştım kaplana, güvenini kazandım. Onunla konuştum, kötü bir niyetim olmadığını anlattım ona. Çok sabrettim. Yemeyeceğini bilsem de her gece yemek götürdüm ona. Hiç yılmadım. Sonunda bir gece bana yaklaştı.

Ona yiyecek götürmemi bekler oldu. Başını okşarken, gırtlağından mutlu sesler çıkardı. Tam o sırada koparıverdim bıyığını."

a ş k sabretmektir.

"Evet" demiş ermiş. "Kaplanı evcilleştirdin, sevgisini ve güvenini kazandın."

"Ama siz onun bıyığını ateşe attınız" diye ağlıyormuş Yun Ok. "Bir hiç uğruna koparmışım o bıyığı"

"Olur mu?" demiş ermiş. "Artık o bıyığa gereksinimim yok. Yun Ok sana bir şey sorayım, insanoğlu bir kaplandan daha mı kötü? İyilikleri ve anlayış gösterilmesini daha mı az hak ediyor? Yabanıl ve kana susamış bir hayvanın sevgisini ve güvenini sabırla kazanan sen, eşininkini kazanamaz mısın?"

Yun Ok bunları işitince susmuş. Sonra da yavaş yavaş evinin yolunu tutmuş...

Bilgi damlacığı

*S*hakespeare'in kan davalı ailelerin genç çocukları arasındaki aşkı anlatan trajedisi baleden sinemaya, operadan müzikale yüzyıllardır sayısız sanat eserinin ilham kaynağı oldu. Shakespeare'in oyunuyla popülerleştirdiği "Romeo ve Jülyet"in aslı gerçek bir hikâyeye dayanıyor. 1303'de birbirleri için ölen Veronalı aşıkların gerçek öyküsüne edebiyatta ilk kez Rönesans İtalyası edebiyatında rastlanıyor.

Luigi da Porto'nun 14. yüzyılın ilk yarısında İtalyan şehir devletlerinde önde gelen aileler arasındaki şiddeti, kan davalarını, sosyal ve politik durumları anlatan öyküsü bu gerçek olayın edebiyata bilinen ilk uyarlaması. 1500'lerin ortasında İtalyan Matteo Bandello ve Fransız Pierre Boaiastau tarafından yine kaleme alınan öykü İngilizce'de 1592'de Arthur Brooke'un "Romeus ve Jülyet'in trajik öyküsü" adlı uzun şiiri ve William Painter'ın "The Palace of Pleasure / Zevk Sarayı" adlı metninde hayat buluyor. Bu iki metine de aşina olan Shakespeare kendi trajedisi için daha çok Brooke'un şiirinden ilham almış. "Romeo ve Jülyet"in sanatın farklı dallarındaki enkarnasyonları da var.

Aşk bazen...

*H*ep "aşkın dili olsa da konuşsa" deriz. Bir gün aşk konuşmaya başlamış ve demiş ki:

Ey insanlık hep peşimden koştunuz, bana ulaşmaya çalıştınız. Aslında bana ulaştınız ama hiç fark etmediniz. Benim için ağladığınız zaman bile size hep yalan, belki de şaka gibi geldim. Bana hep yakıştırmalar yaptınız. Size bir öykü anlatayım. Küçük bir kedi kuyruğunu yakalamak için hep kendi etrafında dönüp duruyormuş ve büyük kedi dayanamayıp;

"Ne yapmaya çalışıyorsun?" diye sormuş.

Yavru kedi de;

"Bana ancak kuyruğumu yakaladığım zaman mutluluğa ulaşacağımı söylediler. Ben de onun için uğraşıyorum" diye cevap vermiş.

Büyük kedi gülmüş;

"Ben de küçükken senin gibiydim. Hep kendi etrafımda döner, kuyruğumu yakalamaya çalışırdım. Ama bir gün durdum, düşündüm ve yürümeye karar verdim. İşte o zaman anladım ki, o zaten benim peşimden geliyordu."

aşk

hareket ettiğinizde arkanızdan gelir.

Aşk bazen...

*B*ir zamanlar küçük bir papatya varmış. Kocaman bir kayanın siperciğinde yaşarmış. Çevresinde ballıbabalar, katırtırnakları, utangaç mavi mine çiçekleri açarmış.

Her sabah, gün doğumunda bütün çiçekler uyanırmış. Sabah aydınlığıyla genişleyen gökyüzünü izlerler, mutluluk türkülerini bir ağızdan söylerlermiş. Hepsi birbiriyle dost, hepsi arkadaşmış.

Aradan uzun bir zaman geçmiş. Günlerden bir gün, bizim küçük papatya her zamanki gibi tan atımında uyanmış. Uyanmış uyanmasına ama eskisi gibi keyfi yerinde değilmiş. İncecik gövdesi kırılıp dökülüyormuş. Herhalde akşam yağan yağmur yüzünden hastalandım diye düşünmüş. O sırada gözü yakın arkadaşı ballıbabaya ilişmiş. Zavallı ballıbaba, ıslak toprağa serilmiş yatmıyor mu?

"Ne oldu sana kardeşim?" diye seslenmiş ballıbabaya. Ballıbaba başını güçlükle papatyaya çevirmiş, gözlerinden ip gibi yaş akıyormuş.

"Bu soruyu yalnız bana sorma papatyacık. Hepimiz perişan durumdayız. Öteki arkadaşlar da benim durumumda. Akşam durmadan yağan yağmur toprağı alıp götürdü, çiçeklerin kökleri dışarda kaldı. Hepimiz yavaş yavaş ölüyoruz."

Papatya duyduklarına inanamamış, çevresine bakınmış, bir düşte karabasan gördüğünü sanmış. "Peki" demiş. "Ben neden hala ayaktayım? Neden benim köklerim sapasağlam toprakta?"

Öteden mavi mine sızlanmış:

"Çünkü seni koruyan bir kaya var. Onun siperinde yaşıyorsun. Sonbahar yağmurları başladı. Bizler yağmur selinden kendimizi koruyamayız. Bundan kaçış yok. Elveda güzel yüzlü papatya" demiş.

Papatya dostlarının birer birer yağmur sularıyla gidişini izlemeye dayanamazmış.

"Hayır" diye isyan etmiş. "Tükenişinize dayanamam. Ben gelecek yıl da burada olacaksam sizler de benimle kalmalısınız."

"Nasıl olacak bu? Olanaksız." diye ağlıyormuş küçük çan çiçeği.

Papatya kolay kolay vazgeçmezmiş ama. Dirençliymiş, kararlıymış.

"Sizleri bırakamam" demiş. "Hepiniz tohumlarınızı bana verin. Onları gelecek yıla kadar kendiminkilerle birlikte saklayacağım. Ya birlikte tükeniriz, ya birlikte yaşarız"

Sonunda arkadaşlarını ikna etmiş. Hepsinin tohumlarını bir bir toplamış. Böyle bir dayanışmaya, böyle güçlü dostluğa kolay kolay rastlanmaz. Yeter ki kendi küçük de olsa, kocaman yüreğiyle bir papatyanın sevgisini taşıyabilelim.

aşk　*güneşimizin ta kendisidir.*

Ondan sonraki zamanını harıl harıl çalışmakla geçirmiş papatyacık. Kökleriyle sımsıkı toprağa sarılmış. Gövdesini genişletmiş. Giden arkadaşlarının tohumlarını göğsüne yapıştırmış. Kış gelmiş. Kötü rüzgârlar önüne gelen ne varsa almış götürmüş, papatya kayanın kuytusuna saklanmış. Rüzgâra, yağmura, kara karşı direnmiş, dayanmış. Buz gibi soğuk, zehir gibi havalarda tohumlar donmasın diye onlara daha bir sıkı sarılmış. Gözleriyle durmadan güneşi aramış. Bir parça gün ışığı görse yüzünü, gövdesini güneşten yana çevirirmiş.

Ama o zorlu kışı geçirmek kolay değil. Toprağa öyle tutunmuş ki kökleri kalınlaşmış, soğuktan tohumları korumak için. Sonra yaprakları uzamış, güneş izleyen yüzü büyümüş büyümüş.

Sıcak yüzlü ilkbahar geldiğinde dimdik ayakta bulmuş bizim güneş yüzlü çiçeği. Ama artık o bir ayçiçeğiymiş. Hiç bir tohum zedelenmeden onunla yaşıyormuş.

Dostluğun ölümsüz öyküsüdür. Ayçiçeği, o gün bugündür güneşi izler dururmuş. Söylentiye göre dünyayı ve yürekleri aydınlatan güneş sevginin ta kendisiymiş.

Aşk bazen...

*K*oskoca bir bahçede harikulade çiçekler içinde bir papatya âşık olmuş, yanmış tutuşmuş aksakallı bahçıvana.

Bir ümit bekliyormuş. Yüzlerce çiçeğin arasından onunla, sadece onunla saatlerce ilgilensin. Buz gibi suyunu sadece ona döksün istiyormuş. Sadece ona değsin makası, sadece ona gülsün dudakları. Kıskanıyormuş bahçıvanı, kırmızı güllerden, sarı lalelerden, mor menekşelerden, zambaklardan.

Papatya, sadece bahçıvan için açıyormuş bembeyaz yapraklarını.

Bir gün, aşkı öyle büyümüş ki, yapraklarını taşıyamaz olmuş papatya. Eğilivermiş boynu. Toprağa bakıyormuş artık. Bahçıvanın sadece sesini duyuyormuş. Ayaklarını görüyormuş. "Buna da şükür" diyormuş. Yetiyormuş ona, bahçıvanın varlığını hissetmek.

Zaman akıp gidiyormuş. Papatya bahçıvanın yüzünü görmeyeli çok zaman olmuş. "Ne var sanki boynumu kaldırsa. Bir kerecik daha görsem yüzünü" diyormuş.

Ve bir gün... Bahçıvan papatyaya doğru yaklaşmış. İncecik bedenini ellerinin arasına almış. Elindeki sopayı, kökle-

rinin yanına, toprağa sok-
muş bir iple papatyanın
gövdesini bağlayıvermiş
sopaya. Papatya o an da-
ha çok sevmiş bahçıvanı.
Hala göremiyormuş onu,
ama bedeni kurtulmuş.

*konuşmadan,
yaşamadan,
kavuşmadan
sevmektir.*

*a
ş
k*

Uzun bir müddet bahçıvan uğ-
ramaz olmuş bahçeye. Gelen giden
yokmuş. Kahrından ölecekmiş papatya.

Ama bir sabah, hortumdan akan suyun sesiyle uyanmış.
Derin bir oh çekmiş. Çılgıncasına sevdiği bahçıvan geri gel-
miş. Birden, kendisine doğru gelen iki ayak görmüş. Bu
onun delicesine sevdiği bahçıvan değilmiş. Başka birisiy-
miş. Adamın elinde bir de makas varmış. Papatyanın kafa-
sını kaldırmış yukarıya doğru.

"Ne güzel açmışsın sen öyle" demiş. Bu gencecik, yakı-
şıklı bir delikanlıymış. Gözleri gök mavisi, saçları güneş sa-
rıymış. Ama gövden seni taşımıyor demiş. Elindeki makası
papatyanın boynuna doğru uzatmış. Ve bir hamlede başını
gövdesinden ayırmış. Papatya yere düşerken hatırlamış sev-
diğini. O ak saçlı, ak sakallı, yaşlı mı yaşlı bahçıvanı hatır-
lamış. Bir de o gencecik, yakışıklı delikanlıyı düşünmüş. Ve
o an anlamış, neden o yaşlı bahçıvanı sevdiğini. O her şeye
rağmen, papatyaya emek vermiş. Ona hiç bir zaman güzel
olduğunu söylememiş, ama onu aslında hep sevmiş.

Papatya anlamış artık, sevgi emek istermiş.

Yere düştüğünde son bir kez düşünmüş sevdiğini. Te-
şekkür etmiş ona içinden. Son yaprağı da kuruduğunda, bi-
liyormuş artık: Gerçek sevginin, söylemeden, yaşamadan ve
asla kavuşmadan varolabileceğini.

Aşk bazen...

O tobüs yolcuları elinde beyaz bir baston taşıyan genç ve güzel kadının otobüse binişini içtenlikle izlediler... Basamakları geçti. Boş olduğu söylenen koltuğu el yordamı ile buldu. Oturdu... Çantasını kucağına aldı. Bastonu koltuğa yasladı.

34 yaşındaki Susan, bir yıldır görmüyordu. Bir yanlış teşhis sonucu görmez olmuş, birden karanlık bir dünyanın içine düşmüştü.

Öfke, kızgınlık, kendine acıma duyguları içindeydi.

Artık hayatta tek dayanağı kocası Mark idi. Mark hava kuvvetlerinde subaydı ve karısı Susan'ı çok seviyordu.

Susan gözlerini kaybedince, Mark karısının içine düştüğü umutsuzluğu hemen fark etmişti. Ona yeniden güç kazanması, kaybettiği kendine güvene yeniden sahip olması için yardım etmesi gerektiğini biliyordu. Susan gene kendi kendine yeterli olduğuna inanmalı, kimseye bağımlı olmadan yaşayabilmeliydi.

Gözlerini kaybetmesine neden olan o kötü olaydan bir süre sonra Susan'ı işine dönmeye ikna etti. Ancak bir sorunları vardı. Susan evden işe nasıl gidecekti? Genelde otobüsle giderdi. Ama şimdi koca kenti bir uçtan ötekine tek başına geçmekten korkuyordu. Mark, kendi işi tam aksi yönde olmasına rağmen her sabah onu arabası ile işe bırakmayı önerdi.

İlk günler Susan kendini rahat hissetti. Mark da, "Görmüyorum, artık hiçbir işe yaramam" diyen karısını çalışmaya başlattığı için mutluydu. Ama bir süre sonra Mark işlerin iyi gitmediğini farketti. Başkasına bağımlı yaşamanın Susan'ı mutlu etmesi mümkün değildi. İşe eskiden olduğu gibi kendi başına otobüsle gitmeliydi. Ama Susan hala o kadar hassas, o kadar kırılgan, o kadar öfkeliydi ki. Ne yapabilirdi?

"Otobüs" lafı ağzından çıkar çıkmaz, Susan öfkeyle haykırdı. "Nasıl yaparım?. Görmüyor musun ben körüm. Nerede olduğumu nasıl bilirim, nereye gittiğimi nasıl anlarım? Galiba sana ağır gelmeye başladım, beni başından atmaya çalışıyorsun?"

Duydukları Mark'ın kalbini fena halde kırdı. Ama ne yapacağını biliyordu.

"Her sabah ve akşam otobüsünü arabamla takip edeceğim. Sen bu yolculuğu tek başına yapmaya hazır olana dek sürecek bu"

Mark tam iki hafta, Susan'ın otobüsünün arkasından gitti. İki hafta boyu karısına görme dışındaki duyularını nasıl kullanacağını anlattı. Özellikle duymanın pek çok sorunu çözeceğini izah etti. Kulakları ona nerede olduğunu söyleyebilirdi. Yeni yaşam tarzına alışmasına yardımcı olabilirdi. Otobüs şoförü ile ahbap olursa, her şey kolaylaşır, şoför her gün ona önde bir yer bile ayırırdı. Nihayet Susan, yolculuğu tek başına yapmaya hazır olduğunu hissetti.

Pazartesi sabahı geldi. Ayrılırken, kocasına, hayattaki en büyük dostuna sarıldı. Gözleri yaşla doluydu Susan'ın. Kocasına öyle minnet doluydu ki. Onun sabrı, sadakati, desteği ve sevgisiyle umutsuzluk uçurumundan nasıl çıkmış, nasıl yeniden hayata dönmüştü.

"Allahaısmarladık" dedi kocasına ve uzun zamandan beri ilk defa ters yönlerde yola çıktılar. Pazartesi, Salı, Çarşamba... Her gün mükemmel geçti Susan için. Kendisini hiç bu kadar iyi hissetmemişti. Yapıyordu. Başarıyordu. Tek başına başarıyordu. Kendi kendine gidip gelebiliyordu işte. Cuma sabahı, Susan her günkü gibi otobüse bindi. Ofisinin karşısındaki durakta inerken bilet parasını uzattı şoföre.

"Sizi kıskanıyorum bayan" dedi şoför.

Susan şoförün başkasına hitap ettiğini düşündü. Görmeyen birisinin gıpta edilecek nesi olabilirdi ki?

"Neyimi kıskanıyorsunuz benim?" diye sordu şoföre.

"Sizin kadar sevilmek, sizin kadar şefkat ve sevgiyle korunmak çok hoş bir duygu olmalı bayan" dedi şoför.

"Nasıl yani" dedi, Susan.

"Bir haftadır, her sabah yakışıklı bir subay köşede duruyor ve siz otobüsten inene kadar izliyor. Yolu kazasız geçmenize bakıyor, ofisinize girene kadar oradan ayrılmıyor. Sonra size bir öpücük yolluyor, elini sallıyor ve yürüyüp gidiyor. Siz çok talihli bir kadınsınız bayan."

Mutluluk gözyaşları Susan'ın yanaklarından akmaya başladı. Ve birden hatırladı.. Mark'ı hiç görmüyordu ama bir haftadır yanında olduğunu hem de öyle kuvvetli hissediyordu ki.

aşk

bıkmadan korumaktır.

Talihli, gerçekten çok talihliydi. Öyle bir armağan vermişti ki ona hayat, görmekten daha değerliydi. Bu armağanın varlığına inanması için görmesi gerekmiyordu. Sevginin aydınlatmayacağı hiçbir karanlık yoktu çünkü.

Güller hep ellerinde açsın
ama dikenleri batmasın
Sevda hep seni bulsun
ama seni yaralamasın
Mutluluk hep yüreğine dolsun
ama beni unutturmasın

Aşk bazen...

*B*ir zamanlar uzak diyarlarda küçük bir kasabada dürüst ve çalışkan bir genç yaşarmış. Tüm gün ustasından öğrendiği gibi demir döver kasabanın tüm ihtiyaçlarını giderirmiş. Sutean adındaki bu genç adam herkes tarafından sevilen sayılan biriymiş.

Bir gün dükkânına eski bir tencereyi tamir ettirmek isteyen hizmetçisi ile birlikte Rosa adında çok çok güzel bir kız gelmiş.

Sutean görür görmez bu kıza âşık olmuş, ama kız ona fazla yüz vermemiş. Tencereyi bırakıp dükkândan çıkmış.

Güzel kızın ayrılması ile birlikte sanki dükkândaki ateş sönmüş, demirci Sutean'in kalbini buz gibi bir şey kaplamış.

Güzel kızın kalbini kazanabilmek için bir çare aramaya başlamış. Ocağının başına oturmuş düşünürken bir parça demir almış ve onu şekillendirmeye başlamış. Çalıştıkça çalışmış ve ortaya çıkan şey şimdiye kadar yaptığı hiçbir şeye benzememiş. Eşi benzeri görülmemiş bir çiçek yapmış demirden. İncecik yaprakları birbiri etrafında kapanan dünyanın en güzel çiçeğini yapmış.

Sabah tencereyi almaya sadece hizmetçi kız gelmiş. Demirci Sutean üzülse de güzel kızı göremediği için tüm umudunu çiçeğine yüklemiş ve aşkının elçisi olarak göndermiş hizmetçiyle.

Güzel kız çiçeği görünce büyülenmiş, kalbi yumuşamış ve Sutean'in aşkına karşılık vermiş. Sutean güzeller güzeli kız ile evlenmek için kızın babasından izin almak üzere yaşadıkları şatoya gitmiş.

Güzel kızın babası bir büyücüymüş ve kızının sıradan bir adama, hele hele bir demirciye âşık olmasına çok öfkelenmiş. Bu ilişkiye hemen bir son vermeye yemin etmiş. Hemen orada Sutean'i öldürecek bir lanet okumaya başlamış ki, kızı dizlerine kapanıp onu engellemiş.

Bunun üzerine büyücü bir kurnazlığa başvurmuş: Sutean eğer sabaha dek şatonun etrafını demir bir çit ile çevirirse kızı ile evlenmesine izin verecek, eğer başaramazsa güneş doğarken Sutean taşa dönecekmiş. Eğer korkuyorsa bir daha dönmemek üzere şatoyu terk edebileceğini söylemiş demirciye.

Demirci korkup da sevdiğini terk edebilecek biri değilmiş. Hemen işe başlamış, durup dinlenmeden çubuklar, teller hazırlayıp onları diziyormuş. Sabaha karşı büyücü demircinin çiti yetiştireceğini anlamış ve onu engellemek için aklına bir kurnazlık daha gelmiş.

Kızının kılığına bürünmüş ve şarkı söylemeye başlamış. Şarkı öyle derin öyle güzelmiş ki, demirci çekicini bırakıp dinlemeye başlamış. Büyücü güneş doğana dek söylemiş. Güneş ışıkları penceresine vurduğunda güzel kız uyanmış,

aşk

bir gülün peşinden koşmaktır.

hemen pencereye koşmuş, çitin yarısı duruyormuş. Demirciyi uyarıp güneş ışığından kaçırmak istemiş, ama geç kalmış. Gün ışığı üzerine değer değmez genç adam taşa dönüşmüş.

Büyücü neredeyse mutluluktan uçmak üzereymiş. Babasının oynadığı oyunu gören kız çok üzülmüş ve elinde demircinin hediyesi olan demir çiçek ile taşa dönüşmüş olan sevgilisinin yanına koşmuş. Ağlamış, ağlamış, ağlamış... Gözyaşları taşı eritememiş, ama demirden çiçeği canlandırmış. Gözyaşları ile beslenen çiçek büyümüş, serpilmiş, tüm şatonun etrafını çevrelemiş. Demircinin tamamlayamadığı çiti çiçeği tamamlamış.

Bu güzel çiçeği görüp beğenenler alıp başka yerlere de ekmişler ve böylece tüm dünyaya yayılmış. Güzeller güzeli Rosa'nın (Gül) anısına her yerde onun adı ile anılır olmuş.

Aşk bazen...

sırlardır birbirlerine kırgın olan güzellik ve çirkinlik birgün artık barışmaya karar verirler. Çirkinlik güzelliğe der ki:

"Ey güzellik! Biz seninle yıllar yılı kavga ettik. Artık buna son verelim ve barışalım."

İyi kalpli güzellik ise buna hayır diyemez ve kabul eder. Günler birbirini kovalar ve çirkinlik güzelliği denize, yüzmeye davet eder. Güzellik de onu kıramaz ve yüzmeye giderler.

Denize vardıklarında Güzellik ve Çirkinlik giysilerini çıkartırlar ve yüzmeye başlarlar. Çirkinlik yine bir kötülük yapacak ya, denizden çıkar ve güzelliğin giysilerini giyer, kendi giysilerini bırakır ve ordan hızla uzaklaşır.

Güzellik de bir süre sonra denizden çıkar. Bir bakar ki giysileri çalınmış ve sadece giyebileceği çirkinliğin giysileri kalmıştır. Mecburen çirkinliğin giysilerini giyer ve oradan uzaklaşır. İşte o günden beri insanoğlu güzellikle çirkinliği herzaman birbirine karıştırır olmuştur. Fakat gönül gözleri açık olanlar her güzelliğin içindeki çirkinliği ve her çirkinliğin içindeki güzelliği görürlermiş.

aşk

güzelliği her yerde görebilmektir.

Aşk bazen...

*K*ızkardeşimin çamaşır dolabının en alt çekmecesini açtı ve ince kâğıda sarılmış bir paket çıkardı kocası:

"Bu" dedi, "sıradan bir çamaşır değil."

Kâğıdı açtı ve çamaşırı bana uzattı. Zarif ve ipekliydi. Kenarları elişi dantelle süslenmişti. Astronomik bir fiyat taşıyan etiketi hala üstündeydi.

"Jan bunu New York'a ilk gittiğimizde almıştı. Nereden baksan sekiz, dokuz yıl olmuştur. Hiç giymedi. Özel bir gün için saklıyordu." dedi.

Çamaşırı benden aldı ve cenaze evine götürmek üzere ayırdığımız diğer giysilerle birlikte yatağın üzerine koydu. Bırakırken eli bir an yumuşak kumaşı okşar gibi oyalandı. Çekmeceyi hızla kapattı ve bana döndü.

"Hiçbir şeyini özel bir gün için saklama. Yaşadığın her gün özeldir."

İzleyen günlerde enişteme ve yeğenime beklenmeyen bir ölümün arkasından yapılması gereken tüm üzücü işlerde yardımcı olurken sık sık bu sözleri hatırladım. Kardeşimin yaşadığı şehirden eve dönerken uçakta yine bu sözleri düşündüm. Kardeşimin göremediği, duyamadığı veya yapamadığı bütün şeyleri düşündüm. Hala eniştemin o sözlerini düşünüyorum:

"Hiçbir şeyini özel bir gün için saklama. Yaşadığın her gün özeldir."

Artık hayatım değişti. Daha çok okuyor, daha az toz alıyorum. Uzayan çimlere aldırmadan balkonda oturup bahçemi seyrediyorum. Ailem ve dostlarımla daha çok vakit geçiriyorum, iş toplantılarında ise daha az. Mümkün olduğu kadar sık "hayatın katlanılması gereken bir dertler zinciri yerine, zevk alınacak olaylar silsilesi olarak görülmesi" gerektiğini hatırlatıyorum kendime. Her anın güzelliğini duyumsayarak yaşamak istiyorum. Hiçbir şeyimi özel günler için saklamıyorum. Kıymetli tabak çanağımı her "özel" olayda kullanıyorum. Birkaç kilo vermek, tıkanan lavaboyu açmak, bahçemde ilk açan çiçek gibi özel olaylarda kullanıyorum.

En pahalı ceketimi canım isterse süpermarkete giderken giyiyorum. Teorime göre eğer zengin görünürsem, küçük bir torba erzak için o kadar parayı daha rahat ödeyebilirim. Pahalı parfümü özel partiler için saklamıyorum. Mağazalardaki tezgâhtarların ve banka memurlarının burunları da en az parti parti gezen arkadaşlarımınkiler kadar iyi koku alır.

"Birgün" kelimesi dağarcığımdaki yerini kaybetti. Bir şey eğer görmeye, duymaya veya yapmaya değerse, onu şimdi görmek, duymak ve yapmak istiyorum.

a
ş
k

her günü
özel
yaşamaktır.

Hepimizin "Yaşayacağımıza garanti gözüyle baktığımız yarını göremeyeceğini" bilseydi eğer kızkardeşim, neler yapardı kimbilir? Sanırım aile fertlerini veya yakın arkadaşlarını arardı. Belki eski birkaç arkadaşını arayıp aralarında geçen sürtüşmeler için özür dilerdi. Belki bir lokantaya en sevdiği yemeği ısmarlardı.

Bunların hepsi birer tahmin... Kardeşimin neler yapamadan gittiğini hiçbir zaman bilemeyeceğim. Ya ben? Eğer sayılı saatimin kaldığını bilseydim, yapamadığım şeyler olduğu için kızardım. Yazmayı ertelediğim mektupları yazmadığım için kızardım. "Bir gün ararım" dediğim dostları görmediğim için kızardım. Eşime ve kızıma onları ne kadar çok sevdiğimi yeterince sık söylemediğim için kızardım. Artık hayatlarımıza kahkaha ve renk katacak hiçbir şeyi yarına ertelememeye çalışıyorum. Ve her sabah gözlerimi açtığımda kendime o günün "Özel bir gün" olduğunu söylüyorum.

Her gün, her dakika, her nefes gerçekten Allah'tan bize bir armağan olarak verilmiş. Onu iyi yaşayın.

Aşk bazen...

A teş bir gün Su'yu görmüş yüce dağların ardında
Sevdalanmış onun deli dalgalarına.
Hırçın hırçın kayalara vuruşuna,
Yüreğindeki duruluğa.
Demiş ki Su'ya:
"Gel sevdalım ol,
Hayatıma anlam veren mucizem ol"

Su dayanamamış Ateş'in gözlerindeki sıcaklığa,
"Al" demiş:
"Yüreğim sana armağan."
Sarılmış Ateş'le Su birbirlerine,
Sıkıca, kopmamacasına.

Zamanla Su, buhar olmaya,
Ateş kül olmaya başlamış.
Ya kendi kül olacakmış, ya aşkı...
Baştan alınlarına yazılmış olan kaderi de,
Yüreğindeki kaderi de,
Alıp gitmiş uzak diyarlara Su...

Ateş kızmış, Ateş yakmış ormanları.
Aramış Su'yu diyarlar boyu,
Günler boyu, geceler boyu.
Bir gün gelmiş, Su'ya varmış yolu.
Bakmış, o duru gözlerine Su'yun,
Biraz kızgın, biraz hırçın.

Ve o an anlamış:
Aşkın bazen gitmek olduğunu.
Ama gitmenin yitirmek olmadığını anlamış.
Ateş durmuş, susmuş, sönmüş aşkıyla.

İşte o zamandan beridir ki:
Ateş Su'dan,
Su Ateş'ten kaçar olmuş.

Ateş'in yüreğini sadece Su,
Su'yun yüreğini,
Sadece Ateş alır olmuş.

aşk ona hep değer vermektir.

Aşk bazen...

*K*arımı 1998'in sonbaharında kaybettim. Yedi senelik evliliğimizin iki senesini amansız hastalığının tedavisi için hastanelerde geçirmiştik. Karım, her evlilik yıldönümümüzde ikimizin fotoğrafını çerçeveler, "Bunlar bizim hayatımızın gölgeleri" derdi. Onu kaybettiğimizde, yedi tane resmimiz vardı.

1997 yılının bir gecesinde onu aldattım. Oysa sürekli olarak "onu ne kadar çok sevdiğimi ve sonsuza kadar sadık kalacağımı" söylerdim. Ölmeden iki hafta önce yine aynı şeyi tekrarladım. Tuhaf bir gülümsemeyle baktı bana ve sadece: "Biliyorum" dedi.

Bir ay önce evdeydim. Fotoğraflarımıza bakıyordum yine. Her çerçevenin altında bir harf olduğunu ilk kez o gün fark ettim: A, R, K, A, S, I, N

Gerisi için yılları yetmemişti. Ama sanırım "Arkasına bak" yazmaya filan niyetlenmişti. Hemen çerçevelerin arkasına baktım. Hiçbir şey yoktu. Sonra bir şey dürttü beni, hepsini teker teker söktüm. İnanabiliyor musunuz? Her birinin arkasından bir mektup çıktı. Geçirdiğimiz her sene için sevgi dolu sözler yazmıştı.

1997'deki resmimizin içinden çıkan zarf ise simsiyahtı. Ve içinden şu sözler çıktı:

a ş k

sessiz ve dilsizdir.

"14 Mart 1997 / Gözlerin bana başka birine dokunmuş gibi baktı. Söylemene gerek yok, biliyorum."

2002'deyiz. Onu kaybedeli dört, aldatalı beş yıl oluyor. İçim acıyor şimdi. Çünkü kadınlar biliyor, hissediyor.

Seni seviyorum diyenin sevgisinden şüphe et, çünkü aşk sessiz, sevgi dilsizdir...

Aşk bazen...

Sarmaşık bir günebakanın yanında bitivermiş. Sıcak bir haziran gününde onu görür görmez içine ılık ılık akan şeyin aşk olduğunu anlamış hemen.

Ona sarılarak onunla birlikte büyümeye başlamış. Onu sevdiğini anlatabilmek için sıkıca sarılmış sarmaşık.

Ama her nedense günebakan bir türlü sarmaşığın yüzüne bakmıyormuş. Gün doğduğunda yüzünü güneşe çeviriyor, gün batana dek yüzünü başka hiç bir yöne çevirmiyormuş. Aslında günebakan da güneşe âşıkmış.

Sarmaşık zamanla bu durumun farkına varmış elbette. Ama günebakanın da kendisine sarılmış, onu delicesine seven birinin farkına varmasını istiyormuş. Bunu ona anlatabilmek için çılgıncasına ona sarılıyormuş.

Aradan bir müddet geçtikten sonra, bir sabah günebakanın kendine baktığını görmüş. Öylesine mutlu olmuş ki, artık sevgisine karşılık almış olmanın mutluluğu onu havalara uçurmuş. Coştukça coşmuş. Sevdiği artık güneşe değil

de, kendisine bakıyormuş.
O günden sonra da hiç gü-
neşe bakmamış.

a
ş
k

korumaktır.

Aradan bir kaç gün
geçince, günebakanın yü-
zünde solgunluk olduğunu
fark etmiş. Biraz daha zaman
geçtiğinde ise, günebakanın kurumaya
başladığını anlamış.

İşte o zaman anlamış ki, sevdiğini anlatmak için ona sı-
kı sıkı sarılırken, günebakana duyduğu aşkın onu yavaş ya-
vaş öldürdüğünü.

Bilgi damlacığı

Tarihten ünlü aşk efsaneleri

Afrodit ile (Venüs) çoban Anahis: Mitolojiye uzanırsak önce aşk ve güzellik ilahı Afrodit ile (Venüs) çoban Anahis'in aşkı akla geliyor. Efsaneye göre de Truvalı çobanın ve ondan sonra gelen bütün çobanların yanık kavalları, hep bu aşkı fısıldamış.

Heloise ile Abelard: Paris'te 1101 de doğan Heloise ile ondan 22 yıl önce Nantes'te dünyaya gelen Abelard'ın ilişkisi sonucunda, edebiyat tarihi en ünlü aşk mektuplarını kazandı.

Dante Alighieri ile Beatrice: 1200'lü yılların başında ünlü İtalyan şairi Dante Alighieri henüz dokuz yaşındayken ilk kez gördüğü Beatrice'i ömrü boyunca sevdi. Dante onu üne kavuşturan en büyük eseri "Commedia Divina"yı büyük aşkı için yazdı.

Şeker Ahmet Paşa ile Kaya: Padişah 4. Mehmet'in en küçük kızı, güzeller güzeli Kaya, daha gencecik bir kızken Şeker Ahmet Paşa ile evlendirildi. Hayallerindeki delikanlıyı bekleyen Kaya, karşısında gür sakallı bir ihtiyar görünce çılgına döndü. Tam yedi sene kendisini Paşa'ya teslim etmedi. Yedi sene gecikmeyle gelen birleşme Kaya'nın ruhunda fırtınalar koparttı, kocası Şeker Ahmet Paşa'yı çılgınca sevdi. Kızı dünyaya geldiği zaman ise aşkı zirveye ulaştı. 27 yaşında ikinci çocuğunu doğururken ölmesiyle bu aşk sona erdi. Bu müthiş aşk yıllarca dilden dile dolaştı.

Napolyon ile Josephine: Fransa İmparatoru Napolyon, henüz 27 yaşındayken kendinden beş yaş büyük olan dul Josephine'i görür görmez aşık oldu. Josephin eğlenceyi seven bir kadın olduğu için ülkeleri dize getiren Napolyon'u hep küçümsedi. Napolyon'un Josephine'e karşı duyduğu bitip tükenmeyen sevgi, karısının kusurlarını görmesine de engel oldu. Ondan boşandıktan sonra bu sevgiyi söküp atmak pek kolay olmadı, ama karşısına Emilie çıkınca kalbi yine çarpmaya başladı. Üstelik bu aşk, Josephine ile olduğu gibi tek değil çift taraflıydı.

Kanuni Sultan Süleyman ile Hürrem Sultan: Ülkeler fatihi Kanuni Sultan Süleyman'ın gönlünü de Rus asıllı Hürrem Sultan fethetti. Hürrem Sultan'ın, Muhteşem Süleyman üzerinde sağladığı büyük etki, sevgili kocasının kolları ve gözyaşları arasında ölmesine kadar devam etti. Aşk mı? Onu da bir tek Kanuni hissetti.

Aşk bazen...

elikanlının yolu, yıllar sonra doğduğu kasabaya tekrar düşer. İlk gece eski dostlarla geçen sohbetlerden sonra, ertesi sabah uyandığında aklına yıllar önce evlenmek istediği kız gelir. O zamanlar kasabanın en güzel kızıdır. Güzelliği bütün çevre kasaba ve şehirlerde dilden dile dolaşmaktadır. Kimler istediyse kızı, hiç kimseye bir türlü olumlu yanıt vermemiştir.

Delikanlı kaldığı evden çıkar. Gördüğü eski bir dostuna kızı sorar. Az ilerde görünen güzel bahçe içindeki evde oturduğunu söyler. Kızın evli olduğunu söylemeyi de unutmaz.

Delikanlı merak içindedir. Nasıl biriyle evlenmişti acaba?

Evin bulunduğu sokakta bir köşede beklemeye ve evi gözetlemeye başlar. Bir süre sonra evin kapısı açılır. Kız, çok da çekici görünmeyen orta yaşlarda bir adamı uğurlamaktadır. Üstelik adamın görüntüsü de varlıklı bir adam işareti vermemektedir.

Adam uzaklaştıktan sonra, delikanlı bir cesaret çalar evin kapısını. Kıza kendini tanıtır. Biraz konuşurlar ayaküstü. Sonra "kendisi de dâhil, ne kadar çok delikanlının onunla evlenmek istediğini, ama onun hiçbirini kabul etmediğini" anlatır. Sorar "Niye bu adamla evlendiğini" kıza. "Bu adamın diğerlerinden ne farkı vardır ki?"

Kız "Söylerim" der. "Ama bir koşulla."

Evin arkasındaki büyük bir gül bahçesine götürür delikanlıyı ve der ki:

"Bu bahçenin en güzel gülünü bana getirirsen söyleyeceğim sana niye bu adamla evlendiğimi. Ama asla geri yürümek yok bahçede, arkana bakmak yok. En güzel gülü istiyorum sadece."

"Memnuniyetle" der delikanlı ve girer bahçeye.

Çok güzel sarı bir gül durmaktadır karşısında. Tam elini güle uzatırken, pembe bir gonca görür az ötede, ilerler. Ona uzanırken kadife kırmızısı bir gül ilişir gözüne. Derken... Bir de bakar ki bahçenin sonuna gelmiş. Orada da güzel güller vardır. Ama arkasında daha da beğendiği güller bırakmıştır. Geri dönmek ister. Ama kızın söyledikleri gelir aklına:

"Asla geri yürümek yok bahçede, arkana bakmak yok. En güzel gülü istiyorum sadece."

Ne yapsın? Mecburen o anda önünde bulduğu sıradan, hatta solmaya yüz tutmus bir gülü alır ve mahçup bir sekilde götürür kıza.

Kız gülümser gülü görünce:

"Bilmem aldın mı sorunun cevabını?" der delikanlıya. "Hayat bu bahçede yürümeye benzer."

aşk *geriye bakıp pişmanlık duymamaktır.*

Aşk bazen...

$\mathcal{K}$ an rengi, kıpkırmızı güllere bayılırdı. Zaten onlarla adaştı da. Adı Rose... Yani Gül... Kocasının sevgili Rose'u...

Her yıl Sevgililer Günü'nü kapının önünde bulduğu enfes süslenmiş kucak dolusu kırmızı güllerle kutlardı. Kocası tarafından gönderilmiş. Hiç aksama olmadan. Eşini kaybettiği yıl bile kapısı çalınmış, sevdiği kırmızı güller kucağına bırakılmıştı, geçmişte olduğu gibi, küçük bir kartla birlikte. Kocası her yıl gönderdiği güllere iliştirdiği karta aynı cümleleri yazardı:

"Seni, geçen sene bugünkünden, daha çok seviyorum."

Birden, bunların son gülleri olduğunu düşündü. Önceden ısmarlanmış olmalıydı. Öleceğini nasıl bilebilirdi? Zaten her şeyi önceden planlamayı ve yapmayı severdi.

Gülleri özenle içeri taşıdı, saplarını kesti, vazoya yerleştirdi. Vazoyu da konsolun üzerine, eşinin kendisine gülümseyen fotoğrafının yanına koydu. Orada kocasının koltuğunda oturup saatlerce güller ve fotoğrafı seyretti sessizce.

Bitmek bilmeyen uzun bir yıl geçti. Yapayalnız ve hüzün dolu bir yıl.

Sonra bir sabah kapı çalındı. Tıpkı eski günlerde olduğu gibi. Kırmızı gülleri, üzerinde küçük kartıyla birlikte eşikteydi. Sevgililer Günü'nü kutluyordu. Gülleri içeri aldı. Şaşkınlık içinde doğru telefona gitti. Çiçekçiyi aradı. Onu bu kadar üzmeye kimin hakkı vardı?

"Biliyorum" dedi, çiçekçi.. "Eşinizi geçen yıl kaybettiniz. Telefon edeceğinizi de biliyordum. Bugün size gönderdiğim gülleri çok önceden ısmarlamış ve parasını da ödemişti. Hep öyle yapardı zaten, hiç şansa bırakmazdı. Dosyamda talimat var. Bu çiçekleri size her yıl göndereceğim. Bir de özel kart vardı, kendi el yazısıyla. Ölümünden sonra çiçeklere iliştirmemi istediği kartı bilmeniz gerekir diye düşünüyorum."

Rose hıçkırıklar arasında teşekkür ederek telefonu kapattı. Parmakları titreyerek zarfı açtı: "Merhaba gülüm" diye başlıyordu yazı. "Bir yıldır ayrıyız. Umarım senin için çok zor olmamıştır. Yalnızlığını ve acılarını hissedebiliyorum. Giden sen, kalan ben olsaydım neler çekerdim kimbilir? Sevgi paylaşıldığında yaşamın tadına doyum olmuyor. Seni kelimelerle anlatılmayacak kadar çok sevdim. Harika bir eştin dostum, sevgilim benim... Sadece bir yıldır ayrıyız. Kendini bırakma. Ağlarken bile mutlu olmanı istiyorum. Onun için bundan sonraki yıllarda güller hep kapımızda olacak. Onları kucağına aldığında paylaştığımız mutluluğu ve kutsandığımızı düşün. Seni hep sevdim. Her zaman da seveceğim. Ama yaşamalısın. Devam etmelisin. Lütfen mutluluğu yeniden yakalamaya çalış. Kolay değil, biliyorum ama bir yolunu bulacağına eminim.

a
ş
k

ölümde bile bitmez.

Güller, senin kapıyı açmadığın güne dek gelmeye devam edecek. O gün çiçekçi beş ayrı zamanda gelip kapıyı çalacak, eve dönüp dönmediğini kontrol edecek. Beşinciden sonra emin olarak gülleri ona verdiğim yeni adrese getirip seninle yeniden ve ebediyyen kavuştuğumuz yere bırakacak."

Seni seviyorum çünkü
Seni sevmeyi, sana dokunmayı,
Seni dinlemeyi, sana bakmayı,
Seni koklamayı,
seninle paylaşmayı seviyorum.

Gül Yaprağı

*U*zakdoğu'da bir budist tapınağı bilgeliğin gizlerini aramak için gelenleri kabul ediyordu. Burada geçerli olan incelik, anlatmak istediklerini konuşmadan açıklayabilmekti.

Bir gün tapınağın kapısına bir yabancı geldi. Yabancı kapıda öylece durdu ve bekledi. Burada sezgisel buluşmaya inanılıyordu, o yüzden kapıda herhangi bir tokmak, çan veya zil yoktu.

Bir süre sonra kapı açıldı. İçeriden bir budist rahip çıktı, kapıda duran yabancıya baktı. Bir selamlaşmadan sonra sözsüz konuşmaları başladı. Gelen yabancı, tapınağa girmek ve burada kalmak istiyordu.

Budist rahip konuşmalardan sonra içeri girdi ve bir süre kayboldu. Biraz sonra elinde ağzına kadar suyla dolu bir kapla döndü ve bu kabı yabancıya uzattı. Bunun anlamı, içerisi yeni bir kişiyi kabul edemeyecek kadar doluyuz demekti.

Su dolu kabı gören yabancı tapınağın bahçesine döndü. Aldığı bir gül yaprağını kabın içindeki suyun üstüne bıraktı. Gül yaprağı suyun üstünde yüzüyordu ve su taşmamıştı. Bunu gören Budist rahip saygıyla eğildi ve kapıyı açarak yabancıyı içeriye aldı:

Suyu taşırmayan bir gül yaprağına her zaman yer vardı.

Aşk bazen...

Bir zamanlar birbirlerini seven iki genç vardı. Kızın adı Tispe, delikanlının ise Piremus idi. Tispe ile Piremus bitişik evlerde otururlardı. Birlikte büyümüşlerdi. Çocukluklarından beri birbirlerine karşı aşk beslerlerdi. Fakat aileleri görüşmelerini istemez, birbirlerine uygun olmadıklarını düşünürlerdi. Oysa onlar birbirlerini ölesiye seviyorlardı.

İki evin arasında gizli bir çatlak vardı. Ailelerin bundan haberi yoktu. Onlar da geceleri burada buluşur, o aradan birbirlerine seslerini duyurur, aşklarını dile getirirlerdi.

Bir gece ormandaki ağacın altında buluşmaya karar verdiler. Tispe ağaca Piremus'dan önce varmıştı. Gittiğinde avını yeni yemiş ağzından kanlar akan kocaman bir aslanla karşı karşıya geldi. Korkarak bir mağaraya doğru koşmaya başladı. Farkında olmadan yolda boynundaki eşarpını düşürmüştü. O sırada Piremus geldi, gördükleri karşısında donup kalmıştı. Kocaman aslan, ağzında kanlarla birlikte biricik sevgilisi Tispe'nin eşarpını parçalıyordu. O an aklına gelen ilk ve tek şey aslanın Tispe'yi öldürerek yediğiydi.

Tispesiz yaşayamazdı. Aklından geçen sadece aşkı uğruna canına kıymaktı. Belinden hançerini çıkardı ve göğsüne sapladı. Kanlar içinde cansız bedeni yere düştü. Tispe ise korkusunu bir kenara atıp bir an önce aşkını görmek için mağaradan çıkmaya karar vermişti.

a ş k

gözyaşıyla acıları silmektir.

Ağacın altına geldiğinde o korkunç sahneyle yüzleşti. Piremus'un cansız vücudu yerdeydi ve elinde Tispe'nin düşürdüğü eşarbını tutuyordu. İlk önce genç kız olanlar karşısında ağlamaktan hiçbir şeyi anlayamamıştı. Ama eşarbı ve uzaklaşan aslanı görünce olanları anladı. Bir an mağarada düşündüğü o korkunç şey başına gelmişti: Onun öldüğünü düşünen Piremus aşkı uğruna canına kıymıştı.

Tispe bir an bile düşünmeden hançeri aldı ve göğsüne götürdü. Onların aşkı ölesiye bir aşktı ve ölüm bile onları ayıramazdı. Eğer Piremus aşkı uğruna ölümü göze aldıysa, o da hiç çekinmeden canına kıyabilirdi. Hançeri sapladı vücuduna. Birden vücudu Piremus'un bedeninin üstüne yığıldı.

O anda tanrılar bu yüce aşkı ölümsüzleştirmek istediler ve bu çiftin üstünde duran ağacı bunların aşkına adadılar. Piremusun kanını bu ağacın meyvelerine, Tispenin gözyaşlarını ise ağacın yapraklarına verdiler. O günden beri karadut ağacının meyvesinin çıkmayan lekesini (Piremus'un kan lekesini), dut ağacının yaprakları (Tispe'nin gözyaşları) temizler.

Bilir misiniz? Dut meyvesinin lekesi çıkmaz, ama elinize dut yaprağını alır ovuşturursanız, lekenin gittiğini görürsünüz.

Aşk bazen...

*B*undan yüzyıllar önce deniz aşırı, çok güzel bir ülke varmış. Tabii her masalda olduğu gibi, bu masalda da o ülkenin bir kralı, bir de prensesi varmış.

Prenses dünyalar güzeli bir kızmış. Kral ona bakılmasını bile yasaklamış. Her gün dolaşmak için saray muhafızları ile sarayın dışına çıkacağı ilan edildiğinde halk eğilir ve gözlerini kapatır ya da evlerine kaçışırmış. Onu görmenin bedeli ölümle cezalandırılmakmış.

Günlerden bir gün yine prenses dolaşmak için çıktığında, fakir bir köylü delikanlı herşeyi göze alarak başını kaldırmış ve prensesle göz göze gelmişler. O an fakir delikanlı prensese inanılmaz bir aşkla tutulmuş. Prensesin derin bakışlarının da boş olmadığını düşünmüş ve günlerce uyuyamamış. Fakir delikanlı ölümü bile göze almak pahasına, prensesi bir kere daha görmek için uğraşmış durmuş.

Bu arada güzel prenses de ona tutulmuş. Onun zarar görmemesi için günlerce kendini saraya kapatmış.

Sonunda dayanamayan fakir delikanlı her şeyi göze alarak gizlice sarayın bahçe duvarına tırmanmış. Prenses ile bir kere daha göz göze gelmişler. Fakir delikanlı hemen duvardan atlamış ve prensesle konuşacağı anda saray muhafızlarına yakalanmış. Kralın karşısına çıkarılan delikanlı, ölümle cezalandırılacağını bildiğinden krala prensese duyduğu aşkını anlatmış. Kral ölüm emrini vereceği anda prensesin yalvarışlarına dayanamayarak delikanlıya başka bir ceza vermeyi kabullenmiş.

Hemen bir gemi hazırlatan kral, gidilebilecek en uzak adaya bir fener yaptırmış. Fakir delikanlıyı da o adada yalnız yaşamaya mahkûm etmiş.

Aradan bir kaç ay geçmesine rağmen prensesi unutamayan delikanlı, prensese karşı duyduğu aşkını kâğıda dökmüş ve martılara anlatmaya başlamış. Bütün martılar fakir delikanlının prensese olan aşkını anlamış ve yazdığı mektupları prensese götürmeye başlamışlar.

Zamanla prensesin de yazmış olduğu mektupları fakir delikanlıya götüren martılar aracılığı ile iki gencin arasındaki aşk iyice büyümüş.

Ta ki bir sabah sarayın bahçesinde kahvaltı yaparken, prensesin penceresine, ağzında bir mektupla konan martıyı kralın görmesine dek sürmüş. Tabii korkulduğu gibi olmamış. Martıların bile aracı olduğu iki gencin arasındaki büyük aşkı anlayamadığı için kendisinden utanmış ve ağlayarak kızına sarılan kral, hemen bir gemi gönderip delikanlıyı getirteceğini ve kendisi ile evlendireceğini söylemiş.

Buna duyunca çok mutlu olan prenses hemen delikanlıya bir mektup yazmış ve olanları anlatmış. Bu arada mektubu götürmek için bekleyen martıya da tüm martıların düğünlerine davetli olduğunu söylemiş. Buna çok sevinen martı mektubu bir an önce ıssız adaya götürmek için yola çıkmış.

Tam yolu yarılamışken yanından geçen bir kaç martı arkadaşına haber verip hepsinin düğüne davetli olduğunu söylemek için gagasını açtığında mektubu düşürmüş. Tüm martılar hep birlikte mektubu aramaya başlamışlar. Fakat bir türlü bulamamışlar.

Bu arada prensesten mektup alamayan âşık delikanlı, yazmış olduğu mektupları göndermek için bir tek martı bile bulamamış. Biraz ilerisinde uçuyorlar fakat yanına gitmiyorlar ve mektubu arıyorlarmış.

Prensesin kendisini artık unuttuğunu, istemediğini, martıların da onun için yanına gelmediğini zanneden delikanlı üzüntüsünden sonunda kendisini fenerden kayaların üzerine atmış.

Olanlardan habersiz kralın gemisi adaya vardığında fakir delikanlının soğuk bedeni ile karşılaşmışlar.

İşte o gün bugündür, martılar o mektubu ararlar. Mektubu bulup, o inanılmaz sevgiyi geri getirebileceklerine, her şeyi düzelteceklerine inanarak hep denizler üzerinde uçuşup dururlar.

Hayat işte

B ağlanmayacaksın bir şeye öyle körü körüne.

"O olmazsa yaşayamam." demeyeceksin.

Demeyeceksin işte,

Yaşarsın çünkü.

Öyle beylik laflar etmeye gerek yok ki.

Çok sevmeyeceksin mesela. O daha az severse kırılırsın.

Ve zaten genellikle o daha az sever seni, senin o'nu sevdiğinden.

Çok sevmezsen, çok acımazsın.

Çok sahiplenmeyince, çok ait de olmazsın hem.

Çalıştığın binayı, masanı, telefonunu, kartvizitini...

Hatta elini ayağını bile çok sahiplenmeyeceksin.

Senin değillermis gibi davranacaksın.

Hem hiçbir şeyin olmazsa, kaybetmekten de korkmazsın.

Onlarsız da yaşayabilirmişsin gibi davranacaksın.

Çok eşyan olmayacak mesela evinde

Paldır küldür yürüyebileceksin.

İlle de bir şeyleri sahipleneceksen,

Çatıların gökyüzüyle birleştiği yerleri sahipleneceksin.

Gökyüzünü sahipleneceksin,

Güneşi, ayı, yıldızları...

Mesela kuzey yıldızı, senin yıldızın olacak.

"O benim." diyeceksin.

Mutlaka sana ait olmasını istiyorsan bir şeylerin...

Mesela gökkusağı senin olacak.

İlle de bir şeye ait olacaksan, renklere ait olacaksın.

Mesela turuncuya ya da pembeye.

Ya da cennete ait olacaksın.

Çok sahiplenmeden,

Çok ait olmadan yaşayacaksın.

Hem her an avuçlarından kayıp gidecekmiş gibi,

Hem de hep senin kalacakmış gibi hayat.

İlişik yaşayacaksın. Ucundan tutarak...

Seninle Olmanın En Güzel Yanı

Seninle olmanın en güzel yanı ne biliyor musun?

Elin elime değmeden avuçlarımı terleten sıcaklığını taa içimde hissetmek.

Seninle olmanın en kötü yanı ne biliyor musun?

"Seni seviyorum" sözcüğü dilimin ucunu ısırırken, her konuşmamızda boş yere saatlerce havadan sudan söz etmek.

Seninle olmanın en heyecanlı yanı ne biliyor musun?

Aynı şeyleri, seninle aynı anda düşünmek, birlikte ağlamak, birlikte gülmek. Ve yanındayken bile seni çılgınca özlemek...

Seninle olmanın en acı yanı ne biliyor musun?

Seni hiç tanımadığım insanlarla paylaşmak. Senin yanında olan, seninle konuşan herkesi çocukça kıskanmak.

Seninle olmanın en mutlu yanı ne biliyor musun?

Tanıdık birileriyle karşılaşma tedirginliği ile yollarda yürümek yan yana. Elimdeki şemsiyeye inat, yağmurda birlikte ıslanmak. Elimde kır çiçeğiyle seni beklemek. Aynı mekânlarda aynı yiyecekleri yemek.

Seninle olmanın en romantik yanı ne biliyor musun?

Sensiz gecelerde sana söyleyemediklerimi yıldızlara aya anlatmak. Okuduğum kitabın sayfalarında, dinlediğim şarkıların türkülerin şiirlerin her mısrasında seni bulmak.

Seninle olmanın en zor yanı ne biliyor musun?

Seni kaybetme korkusuyla hayatta ilk kez tattığım o tarifsiz duygularımı, umut denizinin ortasında küreksiz bir sandala hapsetmek. Sevgili yerine yıllarca dost kalmayı başarmak. Yalınayak yürümek bıçağın en keskin yerinde. Kanadıkça tuz yerine gözyaşlarımı basmak yüreğime.

Seninle olmanın tek yan etkisi ne biliyor musun?

Nereden bileceksin?

Sen benimle hiç olmadın ki. Olsaydın avuçlarım terlemezdi. Isırmazdım dilimin ucunu. Özlemezdim seni yanımdayken. Kıskanmazdım.

Korkmazdım yollarda yürümekten. Islanmazdım yağmurlarda. Yıldızlara aya dert yanmaz, böyle her şarkıda sarhoş olmazdım.

Korkmazdım seni kaybetmekten ayaklarım kan revan atlardım sandaldan denize. Ve her kulaçta haykırırdım seni.

Ama sen hiç benimle olmadın ki.

Ya aklın başka yerlerdeydi ya yüreğin... (Can Yücel)

Aşk bazen...

avid o gün çok yoğundu, seçim kampanyaları başlamıştı. Aceleyle çevirdiği telefonda karşısına çıkan şarkı gibi bir sesle karşılaşınca şaşırdı. Özür dileyip kapattı. Ama o hoş ses, aklından çıkmıyordu. Ertesi sabah erkenden o numarayı aradı. Telefon çalarken, kalbi çok hızlı çarpıyordu. Evet, karşısında yine o tatlı ses vardı. Kendisini tanıttı, konuşmaya başladılar. Konuştukça kızdan daha da etkileniyordu.

Günler geçti. Hergün onunla konuşuyordu, onun sesini duymadan güne başlayamıyordu. Kızgın olduğunda sakinleştiriyor, üzgünken neşelendiriyor, monoton günlerde yeni heyecanlar aşılıyordu.

O soğuk kış günleri bu sıcacık sesle ısınmış ve bahar gelmişti. Seçim kampanyaları da çetin bir şekilde devam ediyordu.

Bu arada aklından ve kalbinden çıkaramadığı o kızla "evlenmeliyim" diye düşünmeye başladı. Bu, kampanyası için de olumlu olurdu. Danışmanı başının etini yiyordu; "Evlenirsen oyların 10 puan artar" diye. Şu ana kadar bu konuyu pek ciddi düşünmemişti.

"Neden olmasın" dedi ve hızla telefonu çevirdi. Hiç nefes almadan evlenmek istediğini söyledi, kampanyasını anlattı, hayallerinden bahsetti. Seçimden sonra Karayiplerde bir balayından bile bahsetti.

Onun coşkusu genç kıza da geçmişti. Ama bir anda sessizleşti ve mırıltılı bir sesle;

"Henüz beni görmediniz, ya beğenmezseniz." dedi. David "Bu kadar güzel bir sesin ve kalbin sahibi çirkin olamaz herhalde" dedi. Bu arada eski neşesini ve coşkusunu kaybetmişti. "O halde yarın buluşalım" dedi.

Buluşacakları yeri konuştular. Ertesi gün David heyecanla buluşacakları yere geldi. Biraz sonra uzaktan yanında köpeği ile güzel bir kız geliyordu. "Acaba o mu?" diye düşündü. Ama parkın o kısmındaki tek kişi olmasına rağmen ona bakmıyordu. Uzaklara, çok uzaklara bakıyordu. "Sanırım o değil" dedi. Kızın güneş gözlüği vardı. Gözlerinin ne renk olduğunu düşünmeden edemedi. Kız, David ile telefondaki meleğin buluşacağı havuzun yanına kadar geldi. O da ne? Elinde bir beyaz baston vardı.

David şaşkınlıkla ona bakakaldı. Bu o telefonlarda konuştuğu melek miydi? Ama o görmüyordu. "Ne yapmalıyım" diye düşündü. Kaçıp gitmeli mi? Herşeye rağmen elini tutup konuşmalı ve onunla evlenmeli miydi?

David yutkundu ve birkaç adım atıp, kızın yanından geçip sessizce gitti. Parkın dışına çıktığında, son birkez dönüp kıza baktı. Kız hala uzaklara doğru bakıyor, köpeğiyle konuşuyor ve David'i bekliyordu.

David, günlerce onu bekleyen kızın hayalini unutamadı. Sürekli doğruyu yaptığına kendini inandırmaya çalışıyordu. Bazen eli telefona gidiyor, "O gün işim çıktı, gelemedim." deyip, herşeye yeniden başlamayı düşünüyordu.

Günler geçti ve seçimler sonuçlandı. David seçimleri kaybetti. New Jersey valisi olamamıştı. Yine avukatlığa devam etmeye başladı.

Noel hazırlıklarının devam ettiği o öğlen, sekreteri içeri girerek, 25 dakika sonra davanın başlayacağını hatırlattı. Hızla hazırlandı. Çantasını alıp adliyeye gitti ve yerine geçip oturdu. Önemli bir tecavüz davası görülüyordu ve sanığı David savunacaktı, işi zordu.

Biraz sonra karşı taraf ve hâkim de yerlerini almıştı. David, ilk tanığa sorusunu sordu. Moralinin bozulmaması için karşı tarafın avukatına dönüp bakmamıştı bile. İkinci tanık ile ilgili notlarına bakarken, yüksek topuklu bir ayakkabı sesi duydu. Karşı tarafın avukatı tanığın yanına gidiyordu. Avukat konuşmaya başladı. Bu ses çok sert, acımasız ama bir o kadar da tanıdık geldi. Başını kaldırdı, daha bir dikkatle baktı. O sırada saçlarını sımsıkı topuz yapmış, menekşe gözlü, dudakları bir çizgi gibi kapalı avukatla gözgöze geldi.

İşte o anda gözlerinde birden başka bir görüntü canlandı. Çağlayan gibi omuzlarından aşağı sarkan sarı saçlar, her an gülmeye hazır yürek şeklinde dudaklar, melek gibi bir yüz ve güzel bir vücut.

Bu, o parktaki kız olabilir miydi? Yoksa hayal mi görmeye başlamıştı? İki saat sonra dava bittiğinde hiç bir şey hatırlamıyordu. Yanından hızla geçen avukatın peşinden koşup bahçede yetişti. Tam ağzını açıp konuşacaktı ki, o me-

nekşe gözlere, ta gözbebek-
lerinin içine kadar sımsı-
cak bir şekilde baktı, o
çizgi halindeki dudaklar
güller gibi açarak gülüm-
sedi ve şarkı gibi melodik bir
ses duyuldu:

"Merhaba, o gün parkta sana şaka
yapmak istemiştim. Herşeye rağmen beni isteseydin, cesur-
ca yanıma gelip bana "telefondaki meleğim" demiş olsaydın
ya da bir iki saniye daha bekleyebilseydin. Oraya sana
"evet" demek için gelmiştim. Oysa sen, kendi kalbini sınav-
dan geçirdin ve başarısız oldun. Bu arada, sürekli aradığın
ya da parktaki günden sonra hiç aramadığın telefon, ofisim-
deki direkt telefondu." dedi.

Ardından yürüyüp uzaklaştı.

Aşk bazen...

*B*encil, yalnız olarak doğmuştu. Yaşama gözlerini açarken çok büyük sıkıntıları vardı. Aç, güçsüz ve çaresizdi. Fakat bunu anlatacak çok güçlü bir silahı vardı elinde: Gözyaşları!

Önce "Şefkat" daha sonrada "Sevgi" ile tanıştı. Her ikisi de onu hemen kollarına almışlar, giydirip ısıtmışlar, karnını doyurmuşlar, şarkılar söyleyip uyutmuşlardı. Onun bütün kaprislerine içten bir sıcaklıkla cevap veriyordu onlar. Bencil ise çok şımarıktı. Onu dizginleyip uslandırmak oldukça güçtü. Bu yüzden bir süre "Eğitim" devreye girdi.

Bencil oldukça asiydi. Bir süre dirense de "Eğitim"in tatlı dili ve nezaketi onu gitgide Eğitime doğru çekti. Ama yine de Bencil ara sıra ortadan kaybolup oyun denen eğlenceye kendini atıyordu. Artık ona benzeyen öteki bencillerle tanışıp arkadaşlık etmeye başlamıştı. Küçük Bencil, öteki bencillerle zaman geçirdikçe birlikte "Neşe"yi ve "Paylaşma"yı tanımaları fazla zaman almadı. Bencil; Sevgi, Şefkat, Eğitim ve Paylaşma'nın arasında büyümeye devam ediyordu. Onların aralarında hep "Mutluluk" denen birinden söz ediyorlardı.

Bencil dayanamadı bir gün ve Eğitim'e;

"Mutluluk nedir?" diye sordu. Eğitim "Mutluluk senin içinde" dedi. "Yeter ki onu duyumsa. Öyle bir duyumsa ki çevrendekilere de yayılsın. Yalnız unutma onu korumak biraz da senin elinde. Mutluluk biraz da çaba ve özveri ister. Ama bu hepsine değer."

Bencil o anda içinde mutluluğu duyumsadı. Sımsıcaktı ve hiç de sandığı kadar uzakta da değildi. Mutluluk kendi içinde ve yanıbaşındaydı. Başından bu yana hep tek başına olduğunu sanıyordu. Ama aslında hiç yalnız değildi.

Özellikle Sevgi ve Şefkat onu hiç yalnız bırakmamış, her zaman destek olmuşlardı. Nasıl olup da şimdiye dek bunları düşünememişti. Şimdi Sevgi ve Şefkat'i ta derinden duyumsuyordu. Öyle güzel bir duyguydu ki bu.

Bencil, daha sonra öteki bencilleri ve paylaştıklarını düşündü. Neşelenmişti, işte o an Eğitim'le göz göze geldiler. Eğitim ona gülümseyerek; "Artık senin benimle bu en son günüm" dedi ve devam etti:

"Her şey için çok teşekkür ederim, eğitimini başarıyla tamamladın. Sen tanıdığım en başarılı öğrencimdin. Keşke herkes senin gibi gelişseydi. Bundan sonra seni "Yaşam"ın kollarına atıyorum. Artık sana "İnsan" diyeceğiz."

İnsan, hiçbir zaman Eğitim ve onun kendisine verdiklerini unutmadı. Yaşam'a koştu. Artık aldıklarını tek tek Yaşam'a verme zamanı gelmişti. Artık Paylaşma zamanıydı. Sevgi ve Şefkat ise onunla birlikte Mutluluk'la Yaşam'daki öteki insanlara gülümsüyordu.

aşk

kendini eğitmektir.

Böyle Bir Sevmek

ne kadınlar sevdim zaten yoktular
yağmur giyerlerdi sonbaharla bir
azıcık okşasam sanki çocuktular
bıraksam korkudan gözleri sislenir
ne kadınlar sevdim zaten yoktular
böyle bir sevmek görülmemiştir

hayır sanmayın ki beni unuttular
hala ara sıra mektupları gelir
gerçek değildiler birer umuttular
eski bir şarkı belki bir şiir
ne kadınlar sevdim zaten yoktular
böyle bir sevmek görülmemiştir

yalnızlıklarımda elimden tuttular
uzak fısıltıları içimi ürpertir
sanki gökyüzünde bir buluttular
nereye kayboldular şimdi kimbilir
ne kadınlar sevdim zaten yoktular
böyle bir sevmek görülmemiştir. (Atilla İlhan)

Aşk bazen...

*G*enç kız ağır kalp hastalığının pençesinde kıvranıyordu. Yaralı kalbi artık bu dünyaya daha fazla dayanamıyordu.

Çok zengin olan kızın ailesi, tüm gazetelere kalp nakli için ilan vermişlerdi. Canını feda edecek birini arıyorlardı. Genç kız ise her gün hastane odasında biraz daha solmaktaydı.

Yine yalnızdı odasında, gözü yaşlı, boynu bükük ölümü bekliyordu. Gözlerini kapadı, bu küçük odada gözyaşı dökmekten bıkmıştı. Yine de engel olamadı pınar gibi çağlayan gözyaşlarına. Sevdiği delikanlı geldi aklına, fakir, ama onu seven sevgilisi. Her gün aynı şeyleri düşünüyor, anıları bir film şeridi gibi gözünün önünden geçiyordu.

"Param yok ama sana verebileceğim sevgi dolu bir kalbim var" demişti delikanlı. Genç kız da zaten başka birşey istemiyordu. Sevgiye muhtaç biri, sevdiğinin sevgisinden başka ne isteyebilirdi ki? Ama olmamıştı işte, dünyalar kadar olan sevgilerinin arasına para girmiş ve onları ayırmıştı.

Günler geçmiş ay olmuş, aylar geçmiş yıl olmuş, yıllar geçmiş, yıllar yıllar olmuş, paranın sözünün geçmediği zamanlara gelmişlerdi. Ne önemi vardı artık? Şu son günlerinde, sevdiği yanında olsa yeterdi, ama yoktu o.

Ayrılıklarından bu yana bitmeyen çile dolu beş yıl geçmişti. Her günü zehir, her günü hüsran dolu beş yıl. Ama genç kız hep sevgisini yüreğinde taşımış, kalbini kimseyle paylaşmamıştı. Sevdiğini düşündü işte o an. Acaba o neler yapmıştı bu kadar sene boyunca? Kimbilir kiminle evlenmiş, çoluk çocuğa karışmıştı?

Gözlerinden bir damla yaş daha damladı kurumuş, bitmiş ellerine. Ellerine baktı. Bir zamanlar ellerinin ellerini tuttuğunu hayal edip, her gün saatlerce ellerini seyrederdi. En çok da saçlarının dökülmesine üzülüyordu. Çünkü sevdiği öpmüş, koklamıştı onları. Her bir tanesi koptuğunda, kalbine bir ok daha saplanıyordu. Kalbi yine sızlamaya başlamıştı. Belki sevdiği yanında olsa, kalbi bu kadar yorulup, veda etmezdi yaşama. Zaten artık ölüm umrunda değildi genç kızın. Sevdiğinden ayrı yaşamanın ölümden ne farkı vardı ki?

Tekrar sevdiği geldi aklına. "Keşke şimdi yanımda olsa" dedi. Son bir kez elini tutsa yeterdi. Gözlerini son bir kez öpse, rahatça ebediyen gözlerini kapatabilirdi artık.

Gözleri pınar gibi çağlamaya başladı. Sevdiğini son bir kez göremeden ölmek istemiyordu. Ufak da olsa ondan bir hatırasını almadan bu dünyadan göçmek istemiyordu. Sevdiği, kimbilir kiminle beraberdi? Kendi, sevgi dolu kalbini kimseyle paylaşmayı düşünmemişti, acaba o paylaşmış mıydı? Onun sevgisini silmiş atmış mıydı acaba kalbinden? İçi birden nefretle doldu. Üstüne büyük bir ağırlık çöktü. Onu düşündükçe her dakikasının zehir olması artık çok daha ağır geliyordu genç kıza. Ölmek istedi, artık yaşamak istemiyordu bu dünyada.

Ama sevdiğinden bir hatıra almadan ölmeyeceğine and içmişti.

Tekrar gözlerini açtı. Kimbilir belki de sevdiği onu unutmuştu. Bu düşünceler içinde uykuya daldı.

Birden babası girdi odaya, kızına kalp nakli için bir gönüllü bulduklarını müjdeleyecekti. Fakat genç kız çoktan uykuya dalmıştı. Bir meleği andıran masum yüzü, sevdiğinin özleminden sırılsıklamdı.

O gece biri gözlerini dünyaya kapadı, genç kız ameliyata alındı. Tekleyen ve görevini yerine getirmeyen kalbi değiştirilmişti.

Bir hafta sonra tekrar gözlerini açtı dünyaya genç kız. Ama dünya daha farklı geldi ona. Sanki bir şeyler eksikti.

Aradan aylar geçmiş genç kız artık iyice iyileşmişti. Ama içindeki burukluğu bir türlü atamıyordu. Sevdiği aklına gelince kalbi eskisinden daha çok sızlıyordu. "Bir kere, bir kere görebilsem" diye mırıldandı. Kalbi yine sızlamaya başlamıştı. Yeni kalbi onu iyileştirmişti ama nedense her gece aniden hızlanıyor, onu uykusundan uyandırıyor ve sanki yerinden çıkacakmış gibi atmaya başlıyordu. Genç kız bir anlam veremediği bu durumu doktoruna anlatmıştı ama ameliyatı kolay değildi. "Bir aya kalmadan geçer" demişti doktor.

Aylar geçmişti ama hala aynıydı durum. Çiçeklerinin yanına gitti. Her gün onlarla saatlerce dertleşiyor, zaman zaman ağlıyordu onlara. En çok kan kırmızısı gülünü seviyordu. Çünkü kırmızı gülün onun için yeri apayrı idi. O da genç kızla beraber gülüyor, onunla beraber ağlıyordu. Onu sevdiği gibi görüyordu genç kız. Ve gülünü sevdiğini ilk gördüğünde ona hediye edeceğine dair yemin etmişti. Başka türlü paylaşamazdı gülünü kimseyle.

Kapı çaldı aniden. Kapıyı açtı ama kimse yoktu. Gözü yerdeki beyaz zarfa ilişti. Yavaşça eğilip zarfı yerden aldı. Birden kalbi deli gibi atmaya başladı. Ne olduğunu anlayamıyordu. Zarfın üzerinde ne bir isim, ne bir adres vardı.

Zarfı açtı, içinden beyaz bir kâğıda yazılmış bir mektup çıktı. Kalbi daha hızlı atmaya başladı. Onun kokusu vardı kâğıtta. Evet, onun kokusu vardı. Yıllar yılı özlemini çektiği, yanında olabilmek için canını bile verebileceği sevdiğinin kokusu vardı mektupta. Başı dönmeye başladı. Koltuğuna geçip oturdu yavaşça. Kâğıdı açtı ve elleri titreyerek okumaya başladı:

"Sevgilim, senden ayrıldıktan sonra, bir kalbe iki sevginin sığmayacağını bildiğimden, ne bir kimseyi sevebildim, ne de kimseye bakabildim. Her günüm diğerinden daha zor geçti, çünkü her gün özlemin daha da artıyordu.

Sana kitapları dolduracak kadar şiirler yazdım. Her biri diğerinden daha da hüzünlüydü. Yazdım, okudum, ağladım. Her gün yazdım, her gün okudum, senelerce ağladım. Her gece seni düşündüm sabahlara kadar, her gece senin yanında olmayı istedim. Ve her gece sensizliğe lanet ettim, uykuları haram ettim kendime, sensiz olmanın acısını gözlerimden çıkardım.

Bir gün her şeyi değiştirecek bir fırsat çıktı önüme. Bu fırsatı değerlendirmezsem, kendime haksızlık edecektim. Değerlendirdim de. Senden çok uzaklara gittim, belki seni unuturum diye. Ama tam tersi oldu. Seni daha çok özlüyorum artık.

aşk

yüreğini vermektir.

Senden çok uzaklardayım belki ama yine de seni görmek için uzaklardan gelebiliyorum. Hem de her gece. Seni seviyor, seyrediyor ve eğilip sen uyurken yanağına bir öpücük konduruyorum. Bazen gözlerini açıp bakıyorsun, geldiğimi bildiğini sanıyorum ama yine o tatlı uykuna geri dönüyorsun.

Yarın birbirimizi sevmemizin altıncı senesi. Hep ben geldim şimdiye kadar senin yanına, yarın da sen gel olur mu sevgilim?

Ha, unutmadan, sana hep sözünü ettiğim, kalbime iyi bak olur mu? Çünkü gözyaşlarımla, adını yazdım ona. Seni senden bile çok seven bir sevgi var kalbinin içinde unutma. Kırmızı gülü de unutma olur mu? Seni seviyorum, yanıma gelinceye kadar da seveceğim.

Bilgi damlacığı

Yakın tarihten ünlü aşklar

8. **Edward ile Wallis Simpson:** Tarih 11 Aralık 1936. Radyoların başında oturan milyonlarca insan, İngiltere Kralı 8. Edward'ın, çılgınca sevdiği Amerikalı Wallis Simpson ile evlenmek için tahtan indiğini heyecanlı bir şekilde dinliyorlardı. İki kez evlenip boşanmış bir kadınla beraber olabilmek için krallığı bırakan 8. Edward, 20. yüzyılda aşk için tahtın bile bırakabileceğini göstermesi ile aşk adına her zaman adı anılacak kişiler listesinde yerini aldı.

Albay Juan Peron ile Eva Duarte: Arjantin eski Devlet Başkanı Albay Juan Peron, kendisinden 25 yaş küçük olan oyuncu Eva Duarte ile tanışınca hayatı değişti. Birbirlerini çılgınca sevdiler. Juan Peron'un ünü ve politik başarısı, bir oyuncuyla evli olduğu için çok sarsıldı. Genç yaşta kansere yakalanan Eva Peron öldü. Tutkulu aşkları kitaplara ve filmlere konu oldu.

Prens Rainier ile Grace Kelly: Monako Prensi 3. Rainier gerçek bir prensti. Güzeller güzeli Grace Kelly ise gerçek bir

Hollywood yıldızı. 1956'da başlayan evlilikleri, 1982'de Kelly'nin bir otomobil kazasında hayata veda etmesiyle sona erdi. Eşinin ruhunun sarayın her köşesinde hissedildiğini söyleyen Prens Rainer ise, 6 Nisan 2005 tarihinde ölümüne kadar geçen yaklaşık 23 yılda hiç evlenmedi.

Elizabeth Taylor ile Richard Burton: Elizabeth Taylor ve Richard Burton "Kleopatra" filminin setinde tanıştılar. Birbirlerine delicesine aşık olunca eşlerinden ayrılıp evlendiler. 22 yıl boyunca bir dargın bir barışık yaşayan çift, 1984'te Burton'un ölümüyle ayrıldı.

John Lennon ile Yoko Ona: Efsanevi Beatles grubunun solisti John Lennon, Japon sanatçı Yoko Ona'ya aşık olup evlenince grup dağıldı. Milyonlarca Beatles hayranı Yoko'yu "Japon Cadısı" olarak lanetledi. Bu delicesine tutku 1980'de bir fanatiğin namlusundan çıkan kurşunlara hedef olan Lennon'un ölümüyle noktalandı.

Salvador Dali ile Gala: Salvador Dali ile tanışıp sınırsız bir aşka sürüklenen Rus ressam Gala, severek evlendiği Fransız şair Paul Eluard'dan 1932'de boşanıp 1934'te çılgın ressamla evlendi. Dali ile çılgınlıklarla dolu 50 yıl geçiren Gala, bu aşktan da hiçbir zaman pişmanlık duymadı.

Nazım Hikmet ile Piraye: Nazım Hikmet ile Piraye'nin aşkı dillere destan oldu. Nazım hapse girince bu aşk daha da güçlendi. Büyük şair, 13 yıl süren mahpusluğun son demlerine yaklaştığı zaman bu kez Münevver Andaç'a aşık oldu. Piraye ise Nazım'a duyduğu büyük aşka rağmen aradan çekilmek zorunda kaldı.

Çocuk gözüyle...

*T*ümü 11 yaşında ve ilköğretim 5'inci sınıfta öğrenci olan bu çocukların söylediklerinde hiç yanlış var mı?

Ben en çok çikolatayı seviyorum. Ama her gün yersem sağlığıma zararlıymış. Yani sevmek zararlı bir şeydir diyeceğim ama sevmeden de olmuyor. Sevmek vazgeçememek demektir. (Ayhan Özdemir)

Sevgi benim için üzüntü ve mutluluktur. Üzüntü bana göre sevgiyi anlatır. Sevdiğin bir kişiden uzak olsan, sevgiyi anımsarsın. O kişinin yanında olsan, yüzünde bir mutluluk ve sevinç belirir. Bana göre sevgiyi, o kişiden uzak olduğunda anlarsın. Sevgiyi sadece bir kişiyi sevmek olarak düşünmemeliyiz. Bana göre bir tatlı, dondurma ve hayvanlar olarak da düşünmeliyiz. Sevgi üzüntü, mutluluk ve duygudur. (Yasemin Karaoğlu)

Sevgi çok hoş ve güzel bir duygudur. Sevgi insanın kalbinin içindeki kötülük ve kinleri yani kötü düşünceleri temizler ve iyiliklerle doldurur. Sevgi denince benim aklıma kötülük hariç her şey geliyor. Bence güzel ve hoş bir duygu, herkesin dilinde dolanan fakat denildiği gibi yapılmayan bir şeydir sevgi. Sevgi dünyada ve kalplerde barışı sağlar. Ve sevgi olmasaydı dünyada iyilik denen şey olmayacaktı. Benim de sevdiğim kişiler oldu ama ben onları tüm kalbimle sevdim ve onları kötülüklerden uzaklaştırmaya çalıştım. Sevgi ve saygılarımla. (Berna Cihan)

Sevgi bana göre çok yumuşak ve doğal bir şeydir. Sevgi bana arkadaşlık ve aşk duygusunu anlatır. Sevgi insanların birbirleriyle kaynaşmasını sağlar. Sevgi duygusu sevgilinle daha iyi ilişkiye girmeni sağlar. Ben sevgi için her şeyimi veririm. Her insanın kalbinin derinliklerinde sevgi olur. Sevgi benim hayatımın bir parçasıdır. (Murat Jacobi)

İki insan tarafından yaşanan ilişki sevgidir. Sevgi insanın içinde olan mutluluktur, sevinçtir. Sana bir şey alındığında istediğin şey alındıysa sevinmektir. Sevginin kalpte her zaman bir yeri vardır. Katil, hırsız, kim olursa olsun sevginin kalpte her zaman bir yeri vardır. Mutluluk, sevinç, başarı bunların hepsi sevgiyi anlatır. Her insanda sevgi vardır. Annemiz, babamız, teyzemiz, ablamız herkes sevgi doludur. Çok sevdiğin birisini gördüğünde bu da sevinci belirtir. Sevgi bu insanın vücudunda kalbinde olan bir duygudur.

Sevgi = kalp + duygu + sevinç + mutluluk + başarı

Bana göre sevgi budur. Kalp = Sevgi. (Beril Tanrıverdi)

Sevgi dünyanın en önemli duygularından biridir. Sevgi deyince akla her anlamda düşünce gelebilir. Kitap sevgisi olabilir. İnsanları sevdiğimiz gibi hayvanları da sevebiliriz. Eğer dünyada sevgi olmasaydı, herkes herşeye küserdi. Dünyada savaş başlardı. (Büşra Elbir)

Sevgi benim için çok önemli bir şeydir. Sevgi bana göre duygusal arkadaşlık duygusudur. Sevginin amacı karşındaki kişiyle daha da çok kaynaşmaktır. Sevgi olmazsa yaşamanın bir anlamı kalmaz. (Giray Gökçay)

Sevgi insanların içinde bulunan bir duygudur. Bu duygu insan ve toplum içinde her zaman uygulanması gereken bir duygudur. 14 Şubat sevgililer günü'dür. Bugün çok önem taşır, sevgi insanların kalbine işlenmiştir. Eğer bu duygu insana işlenmemişse insan hayatını bir kör ve sağır olarak geçirir. İnsanlar sevgiyi birbirlerine karşı duyarlar, duymalıdır. Sevgi çok önemlidir. (Deniz Hacıalioğlu)

Sevgi dünyada en kutsal duygudur. Sevgi deyince ilk anladığımız şey mutluluk ve sevinç olur. Sevgi bize dört kolla sarılır ve bırakmaz. Sevgililer günü, o gün boyunca sevgililerin birleşmesi, herkesin birbirine sevgiyle davranmasıyla geçer. Sevgi, anne sevgisi, kardeş sevgisi gibi gruplara ayrılır. Anne sevgisi bu sevgilerin en önemlisidir. (Selcen Almıla Er)

Sevgi iki kişi arasında yaşanan bir ilişkidir. Bence herkesin bir sevgilisi vardır. Benim de bir sevgilim var. Adını buraya yazamam. (Mert Alan)

Sevgi bütün insanlar için çok yüce bir duygudur. Sevgi herkeste olması gereken bir duygudur. Sevgisiz hayat zor olur. Bir insan, birisini sevdikçe daha çok mutlu olur. Hayattan zevk alır. Sevgisiz bir insan, köksüz bir ağaca benzer. (Yaprak Çelik)

Sevgi insana güzel bir duygu verir. Bazı insanların sevgisi büyüktür. Bazılarının küçüktür. Sevginin gücü çoktur. Sevgi asla satın alınmaz. İnsanı sevmesi için zorlayamazsın. Sevginin belli bir sınırı yoktur. (Özgür Şahin)

Sevgi deyince, mutluluk barış geliyor. Sevgi içten, kalbimizden gelir. Zorla olmayacak bir şeydir. Birini içten sevmektir. Zorlanmaz, zorlanılmaz. Mutlu olmak ve sevinmektir. (Hazal Eylül Seçilmiş)

Ben sevginin yüce bir duygu olduğuna inanıyorum. Bence sevgi insanların birbirleriyle tanışması demektir. Bence insanların birbirlerini sevmesi çok önemlidir. İnsanların birbirini sevmesi çok hoş bir şeydir. (Yağmur Çemberli)

Sevgi dünyanın en kutsal şeyidir. Sevgiyle insanlar her şeyi rahatlıkla paylaşır. Sevgi kişiler arasında kalıcı bir duygudur. Sevgi iki gruba ayrılır. İnsanlık ve kardeşlik sevgisidir. (Sertaç Seviş)

Sevgi her şey demektir. Sevgi olmayınca insanlar mutlu da olmaz. İnsanlar sevmeyi bilmeli. Yaşama sevincidir. Sevmek, sevilmeyi bilmektir. Sevmek, eşsiz bir duygudur. Sevmek mutluluktur. (Gamze Yazgan)

Sevgi insanlar arasındaki mutluluk bağıdır. İnsanlar sevgi olmadan yaşayamazlar. Mesela herkes, bir maddeyi, bir canlıyı sever. Ben bir köpeği, bir atı seviyorum. Sizce nasıl bir şey, nasıl bir duygu? Bence mutluluk, hatta bir gülümseme bile olabilir. Kısacası sevgi her şeydir. (Cansın Dede)

Sevgi benim için iki kişi arasındaki ilişkidir. Sevgi demek özlemek, görmek istemek, duygudur. Bir kız sevdiğinizde ona sevginizi belirtmek için sevgi kelimesini kullanırız. (Aytaç Gün)

Sevgi benim için duygusallık, biraz aşk biraz da romantizmdir. (Ozan Uykusuz)

Sen benim;

Aldığım en değerli armağan,
Fırtınada sığındığım liman,
Nadide mücevherim,
En sevdiğim zirve,
Sıcak yatağım,
En duygusal anım,
İlham kaynağım,
En büyük şansım,
Umudum,
Umutsuzluğum,
Kaderim,
Alınyazım,
Işığım,
Gecem,
Gündüzüm,

Dünüm,
Bugünüm,
Yarınım,
Dualarım,
İlacım,
Çarem,
Sevincim,
Acım,
Gülüşüm,
Kahkaham,
Hüznüm,
Ağlayışım,
Haykırışım,
Gözyaşım,
Sevinç pınarım,
Ufkum,
Dostum,
Sırdaşım,
Arkadaşım,
Hayatımın anlamı...

senin benim neyimsin?

Bilgi damlacığı

Öyle zamanlarımız olur ki, ilgi odağı oluveririz. Kendimiz bile şaşarız olan bitene. Herkes bir şeyler görür bizde, daha önce hiç farkına varmadığımız, belki farkına varmadan kullandığımız.

Neler olur bize? Ya da biz ne yaparız da ilginin merkezine oturuveririz keyifle?

Çekicilik bizdedir.

Güzellik bizdedir.

Yakışıklılık bizdedir.

Akıl bizdedir.

Kısacası olumlu sayılan birçok şeyi üzerimize almışız.

Bulunduğumuz topluluğa giren birisi aniden tüm nazarları (bakışları) üzerinde toplar. Bir mıknatıstır adeta. Tüm gözler ona döner. İzler onu hayranlıkla. Güç ondadır artık. Bir çekim alanı, bir manyetik alanı vardır ve bu alanın girdabında döner dururuz.

Bizi etrafında döndüren bu gücün adı "Karizma"dır. Sosyal bilimlere E. Troelsch tarafından sokulan karizma kavramı, daha sonra Max Weber tarafından geliştirildi. Aslında Katolik inancında Allah'ın bahşettiği spiritüel (ruhsal) bir gücü ifade eder.

Karizma, "bir tür yüksek enerji gibidir, kriz anlarında ortaya çıkan, miskinliklere, durağanlıklara son veren, alışkanlıkları kıran bir güçtür" (Moscovici).

Bu çekim gücü nereden geliyor?

Acaba içimizden herhangi biri onu istediği gibi harekete geçirebilir mi?

Karizmanın ortaya çıkardığı çekim alanının kader ve gizemle bağlantısı var. Onu görüp hissedebiliriz, ama elimizi uzatıp tutmak mümkün değil. Çekim gücü resmiyet, sadakat ve samimiyetle bağlantılı. Karizmanın iki şeye ihtiyacı var; ikna eden bir göndericiye ve ikna olmuş bir alıcıya. İstediği de dikkatleri fazlasıyla üzerinde toplamak. Bunun anlamı; bizler bedenimizle ve ruhumuzla etkili olmak durumundayız. Dolayısıyla kendimiz de bunun farkına varmalıyız.

Peki, siz kendinizi en güzel hissettiğiniz anları hatırlıyor musunuz? Eğer kendimize tüm kalbimizle inanıyorsak, ütopik (hayali) olan özel bir şey yaşamışsak, işte o zaman etrafımıza ışık saçmamız çok kolaylaşıyor.

En son ne zaman gerçekten cazibenizin (çekiciliğinizin) farkına vardınız? Çünkü o anlarda hep aynı şeyler olur: Gözler ışıldamaya başlar, ses daha canlı çıkar ve mimikler eskisinden çok daha belirgindir. Kısacası, çevreniz sizin farkınızı görmüştür.

Karizma bir enerji biçimidir. Doğru zamanda, doğru ortamda, doğru enerjiyi ortaya çıkarmak, bizi gündelik hayatın içinden çekip alır. Büyülü bir çekicilik sadece özel anlarda bizi sarmalar. Bedenimizi ve ruhumuzu ele geçirdiğinde de yapmamız gereken tek şey tadını çıkarmaktır. Tabii, beynimizle kurduğumuz ilişkinin de büyüleyici özelliğimizi (karizma) doğru yönlendirmekle yakından alakalı olduğunu asla unutmamak gerekir.

Peki, âşık olmak, bir kişinin bizi etkileyen büyüleyici özelliğinin (karizmasının) etkisi altında kalmak olabilir mi?

Mutlu aşk vardır...

*A*şağıdaki satırlara sadece siz değil sevgiliniz de inanır ve uygularsa;

Sınırsız ve karşılık beklemeden sevebilirseniz...

Artık sevmediğinizi düşündüğünüz anlarda bile ona duyduğunuz saygı azalmıyorsa ...

Kendinize, sevginize ve sevgilinize özen gösterirseniz...

Kendinize zaman ayırır, kendinizi geliştirir ve beslerseniz...

Eğer siz mutluysanız...

Sevgilinize siz olmadan da bir şeyler yapabilme hakkı sunabilirseniz...

Ona güveniyorsanız...

Aşkınızı gerçekçi yaşayabilirseniz...

Sevgilinizin yaptığı programlara saygı duyabilirseniz...

En kızgın olduğunuz zamanlarda bile ona hoşgörü ile bakabilirseniz...

İlişkinizi ve her şeyin sanki dün başlamış gibi taze tutabilirseniz...

Hoş kıskançlıkları ayarında bırakıp, kıskançlığın sizi esir almasına izin vermezseniz...

Sadece sevgiliniz istiyor diye herhangi bir şeyi yılda birkaç kez yapabilirseniz...

Sadakate inanırsanız...

İlişkinizi cesurca sahiplenebiliyorsanız...

Sevginiz için fedakârlık yapabilirseniz...

Kendinize ve ona karşı dürüstseniz...

Ona ilk günkü gibi ilgili davranabiliyorsanız...

Paylaşmanın eşsiz hazzını fark edebilirseniz...

Onun için özel bir şeyler planlayıp uyguluyabilirseniz...

Onunla uzun ve keyifli sohbetler yapabiliyorsanız...

Bir sevgili ama aynı zamanda iyi bir arkadaşsanız...

En zor anlarda bile mantıklı, olumlu ve sakin bir düşünce yapısını koruyabiliyorsanız...

İyi günde olduğu kadar köyü günde de onun yanındaysanız...

En çılgın anları birlikte yaşayabiliyorsanız...

Romantizmin eşsiz anlarının keyfini çıkarabiliyorsanız...

İlişkiniz için zamanı düzgün kullanabiliyorsanız...

Bazen uzak kalıp, sonra özlemle ona sarılabiliyorsanız...

Sabah onunla uyanmanın keyfini çıkartabiliyorsanız...

Aşk sözleri fısıldayabiliyorsanız...

Kendinizi onun yanında rahat ve özgür bırakabiliyorsanız...

Bir ömrü birlikte geçirmeyi düşlüyorsanız...

gerçekten mutlu aşk vardır.

Aşk bazen...

İhanetin adı göçmen bir kuşa verilmiş, Sadakatin adı ise bir serçeye. Göçmen kuş bütün bahar ve yaz boyunca küçük köyün üstünde uçmuş serçeyle beraber. Küçük sinekleri, kurtları yemişler. Kış yağmurlarıyla şaha kalkmış, derelerden su içmişler. Masmavi gökyüzünde dans etmişler. Çiçek açan ağaçlara konup, papatya tarlalarında gezmişler.

Birbirlerine söz vermiş kuşlar "Ayrılmayacağız" diye. Ama kış gelmiş. Göçmen kuş adına yakışanı yapmaya kararlıymış. Serçe ise her zamanki gibi sadık ama sevgi de yabana atılmaz bir gerçek. Ayrılık acı, ihanet kötüymüş serçe için, yaşamaksa önemli imiş göçmen için. O, baharların tatlı eğlencesiymiş sadece.

"Gel" demiş serçeye "benimle beraber. Başka bir bahara uçalım."

Serçe ise "burada bekleyelim yeni gelen baharı" demiş.

"Ama kış acımasızdır."demiş göçmen. "Yaşayamayız burada, aç kalır üşürüz."

Serçe "Hayır" demiş. "Korunuruz kötülüklerinden kışın beraber."

Göçmen inanmamış serçeye. "Hayır" demiş. "Gidelim."

Serçe için gitmek nasıl bir ihanetse yaşadığı yere, kalmak da aynı şekilde ihanetmiş sevgiliye.

Ve karar vermiş, sevgiyi seçmiş serçe. Uçacakmış yeni bir bahara...

Göçmen ve serçe çıkmışlar yola. Ama serçe zayıfmış, onun kanatları uzun uçuşlar için değil. Dayanamayacakmış bu yola. Oysa göçmenin kanatları güçlüymüş. Çünkü o hep kaçarmış kışlardan, hep gidermiş zorluklarından kışın yenibaharlara.

Bir fırtına yaklaşıyormuş. Göçmen hızlı gidiyormuş fırtınadan, yakalanmayacakmış.

Ama serçe iyice zayıf kalmış, yavaşlamaya başlamış. Göçmene "Duralım artık" demiş. "Biraz dinlenelim."

Göçmen itiraz etmiş. "Fırtına" demiş. "Ölürüz."

Serçe çok fırtına görmüş, "Kurtuluruz." demiş.

Ama göçmen "Yürü" demiş serçeye. "Birazdan okyanuslara varacağız."

Serçe sevgisine uymuş ve peşinden son bir gayretle gitmiş göçmenin. Birazdan varmışlar okyanusa. Kurtuluşuymuş bu büyük deniz göçmen için, çok iyi bilirmiş buraları. Ama serçe ilk kez görüyormuş ve sanki gökyüzünden daha büyükmüş bu yeni mavi. Serçe artık dayanamıyormuş, son bir sevgi sesiyle seslenmiş göçmene;

"Artık gidemiyorum."

aşk

sadakat ile ihanetin yol arkadaşlığıdır.

Göçmen serçeye bakmış bakmış ve devam etmiş yoluna.

Okyanus çok büyükmüş, serçe ise çok küçük.

Serçenin sevgisi de çok büyükmüş ama göçmen çok küçük.

Mavi sularında okyanusun bir minik SADAKAT.

Yeni bir baharın koynunda koca bir İHANET.

Bilgi damlacığı

Dünyada Sevgililer Günü (Birinci öykü)

 $\mathcal{E}$ ski Roma'da 14 Şubat günü, bütün Roma halkı için önemli bir gündü. Roma'da 14 Şubat tarihinde "Kurt Bayramı" diye adlandırılan bir bayram vardı. Bu bayram, "Çobanların Tanrısı" olan "Faunus Lupercus"a adanmıştı.

Roma'da yaşayan genç kızlar ve erkekler, içinde Tanrı Kurt'un yaşadığına inandıkları bir mağaranın önünde toplanıyorlardı. Hangi genç kızın hangi genç erkek ile bir çift oluşturacağı bir çekiliş ile belli oluyordu. Romalı genç kızlar isimlerini küçük kâğıt parçalarının üzerine yazıp bir kavanoza koyuyorlardı. Genç Romalı erkekler ise kavanozdan bu kâğıtları çekerek üzerinde hangi kızın ismi yazıyorsa o kızla bayram eğlenceleri boyunca beraber oluyorlardı. Bu beraberlikler evliliklerin başlangıcını ve temelini oluşturuyordu. Bu gelenek yüzyıllarca sürdü.

Daha sonra Roma kilisesi, ahlak dışı bulduğu bu geleneğin uygulama biçimini değiştirme kararı verdi. Kavanozun içine genç kızların adı yerine, azizlerin adları yazılmaya başlandı. Böylece genç erkekler, şanslarına çıkan azizi kendilerine örnek almaya zorlandı.

Bilgi damlacığı

Dünyada Sevgililer Günü (İkinci öykü)

İmparator 2. Claudius, Roma'yı kendi katı kuralları ile zalimce yöneten bir hükümdardı. Onun için en büyük problem, ordusunda savaşan askerlerin sürekli eşlerini ve çocuklarını düşünmeleri nedeniyle başarısız olmalarıydı. Bu yüzden Roma'da evlenmeyi yasakladı.

Din adamı ve hekim olan Aziz Valentine, Claudius'un hükümdarlığı zamanında Roma'da yaşıyordu. Aziz Marius ile birlikte Claudius'un yasağına rağmen çiftleri gizlice evlendirmeye başladı. Gizlilik aşıkları birbirine daha çok bağlıyordu.

Ancak imparatorun bu durumu öğrenmesi çok uzun sürmedi. Aziz Valentine insanları evlendirmeye devam ettiği için tutuklandı ve yaptıklarının cezası olarak 14 Şubat 270 tarihinde sopa ile dövülerek öldürüldü. Bu olaydan 226 yıl sonra, 496'da Papa Gelasius, Aziz Valentine'i onurlandırmak için, 14 Şubat'ı "Aziz Valentine Günü" olarak belirlemiştir.

Yıllar geçtikçe yavaş yavaş 14 Şubat sevgililerin, âşıklarının birbirlerine aşk mesajları yolladığı bir gün haline geldi. Bununla pararel olarak Aziz Valentine de bütün sevenlerin koruyucu azizi haline gelip böyle anılmaya başlandı.

Sevgililer Günü, 1800'lü yıllardan sonra Amerika'da Esther Howland'ın ilk Sevgililer Günü kartını yollamasından bu yana günümüzde daha çok sayıda insanın kutladığı toplumsal bir olay haline geldi.

Bugün neredeyse herkes 14 Şubat günü sevgililerine veya eşlerine bu günün anlamı ile bütünleşen, karşı tarafa sevgilerini anlatan hediyeler veriyor. Bu hediyelerin başında ise sade ama bir o kadar anlamlı çiçekler geliyor. Sevgimizi alacağınız çikolata veya yollayacağımız bir kart ile de anlatmamız mümkün. Aslında sevgiyi en iyi anlatım yolu, sözle, içten ve samimi olanı değil mi? Bu özel günde alınacak en iyi armağan, sevdiğiniz birisinin yanınızda olması ve ondan sevginizin karşılığını görmek. Bu hepsinden çok daha önemli bir armağandır.

Bilgi damlacığı

Türkiye'de Sevgililer Günü

"**D**ünya Sevgililer Günü'nü ben icad etmedim... ama bu ülkeye gelmesinde çok önemli işler yaptım, bilir misiniz? Ben olmasam, Türkiye, Sevgililer Günü'nü kutlamaya başlamaz mıydı?

Yok canım... Başlardı tabii. Ama belki biraz geç başlardı.

Dünya Komşular Günü'nü kurmak için kolları sıvamamdaki en büyük etken, Sevgililer Günü deneyimlerimin bana verdiği inanç oldu zaten. Daha önce başarmıştık. Gene başaracaktık.

Sevgililer Günü'nü çok daha güç koşullarda başarmıştık üstelik. Yıl 1981. Ankara'da yaşıyorum, ama ayın 15 gününü İstanbul'da geçiriyorum. Erkekçe dergisini çıkarmaya başlamışız, Ocak ayında Ercan Arıklı ile... Şubat'ta ikinci sayımız gelecek.

Şubat sayısı derken, ışık yandı kafamda. 1975 yılından beri, sonra eşim olacak Holly ile beraberim. Amerikalı... Amerikalılar'la çalışıyor. Terör, yaşamlarını değiştirmiş. Kalabalık saatlerde sokaklarda olmasınlar diye, sabah altıda mesaiye başlıyor, saat üçte paydos ediyorlar.

Beşte kalkıp gidiyor, ben uyurken.

Her yıl 14 Şubat günü kalktığımda, yatağın onun olması gereken tarafında bir kırmızı gül, bir kalp şeklinde kırmızı çikolata kutusu, yanında bir kart buluyorum.

"Happy Valentine Love... X X X, O O O!.."

Bana hep "Love" diye hitap ederdi. Love oradan...

X'ler öpücük demek, Amerikanca'nın kısa yazısında. O'lar da kucaklama, sarılma... Valentine bir Hıriistiyan Azizi'nin adı. Her azizin bir günü var, onlarda 14 Şubat'ta Valentine Efendi'nin.

İlk defasında "Bana ne sizin azizinizden yahu" demiştim Holly'e şaka ile karışık.

"Valentine, Noel baba gibidir" demişti. "Sadece Hıristiyanlar'ın değil, seven, sevilen herkesin. Valentine, sevgililerin azizidir. Bugün de Dünya Sevgililer Günü'dür."

Ali Kocatepe yazı işleri müdürüm. Kafa kafaya verdik. Dünya Sevgililer Günü'nü Türk halkına tanıtacağız. Kaynak Holly tabii. Kız bütün bildiklerini yazdı. Amerikan kütüphanesine gitti, Valentine Day ile ilgili ne bulduysa fotokopisini çekti.

Derginin önemli bir bölümünü ayırdık, kapağa da "Sevgililer Gününüz Kutlu Olsun" diye yazdık. Yazdık da, Erkekçe aylık dergi, tirajı 80 bin falan o zaman. 80 bin tirajlı ve ayda bir çıkan dergi ile geniş kitlelere ulaşılabilir mi?

Hemen telefona sarıldık. Bab-ı Ali'deki dostları aradık. Bizden alıntı yapsınlar ve 14 Şubat Dünya Sevgililer Günü haberleri yapsınlar diye. Nazımız geçen iki büyük mağaza var. Başta, Sevgililer Günü fikrine, tıpkı Komşular Günü gibi balıklama dalan, sevgi insanı Deniz Adanalı Vakko'da çalışıyor o zaman.

Biri iki vitrin de düzenlendi Beyoğlu'nda, gazeteler bir iki haber yaptılar. Kulaklara kar suyu kaçtı.

İkinci yıl, gene bastırdık. Üçüncü yıl bir daha. Dördüncü yıl, artık kimseyi arayıp "Ne olur yazın" dememize gerek kalmadı. Sevgililer Günü halka maloldu.

Sevgililer Günü, öylesine büyük hediyeler gerektiren bir gün değil.

Mütevazi.

Bir tek kırmızı gül.

Niye kırmızı gül! Aşkın, ateşli aşkın simgesi de ondan.

Çikolata.

Niye çikolata.

Çünkü çikolatada, beynin salgıladığı aşk hormonu, fenil etil amin var. Bilimsel olarak kanıtlanmış.

Ve üzerine sevgi sözcükleri yazılı bir kart. Hepsi bu işte, sevgilinize vereceğiniz.

Bir de inanış var.

Sevgililer Günü sabahı, sevgilinizin ilk gördüğü yüz siz olursaymışsanız, sevginize karşılık görürmüşsünüz.. Aşk ateşi onun da kalbine düşermiş!..

İşte hepsi bu...

Sevgililer Gününüz kutlu olsun!..

Sevgiliniz varsa, ne mutlu size...

Yoksa.. Erkenden düşün yollara o zaman... Olur , geleneksel inanış tutar bakarsınız!.. Birini ilk siz görürsünüz belki... Ya da biri sizi ilk görür.

Ben öyle yapacağım!.. Bakarsınız karşılaşırız!.." (Hıncal Uluç - Bütün Dünya Dergisi - Şubat 1999)

Bir gün gülen gözlerle soracaksın bana,
Ben mi dünya mı diye?
Ben dünya diyeceğim
Ve...
Sen küsüp gideceksin.
Oysa bilmeyeceksin ki
Benim bütün dünyam sensin

Unutulmaz aşk filmleri...

Sanat türleri içinde günümüzün en kitlesel olanı ve dolayısıyla aşk gibi duygu figürlerinin ve somut davranış kalıplarının tanımlanmasında olduğu kadar biçimlenmesinde ve dönüşmesinde belirgin bir unsur teşkil eden sinemada, sanatın diğer türlerinde olduğu gibi, aşkın temsilinin yeri yadsınamaz.

Hatta "unutulmayanlar" denilen, hafızalardan silinmeyen ve her zaman yeniden izlenebilen klasiklere bir göz attığımızda, aşkın önemli bir yer teşkil ettiğini görebiliriz. Bu doğrultuda, aşkı ön plana çıkaran, ya da bir fon olarak kullanılan filmlerin, aşkı ele alış tarzlarının, gişedeki başarıyı belirleyen en önemli faktör olduğunu söyleyebiliriz.

Rüzgar Gibi Geçti: Bu duruma en iyi örnek de, tüm zamanların gişede en çok iş yapan filmi "Rüzgar Gibi Geçti" (Gone With the Wind) olsa gerek. Yönetmenliğini Victor Fleming'in üstlendiği filmin senaryosu, Margaret Mitchell' in aynı adlı bestseller romanından uyarlandı. 1939 yapımı film, Amerikan İç Savaşı' nı arka fonda kullanarak, dünya sinemasının iki unutulmaz idolü olan Clark Gable ve Vivien Leigh' in canlandırdıkları, Scarlett O'Hara ve Rhett Butler arasındaki aşkı oldukça etkileyici bir anlatımla gümüş perdeye yansıtarak, bir anlamda, insanlık tarihinde aşkın ölümsüz bir sembolü haline geldi.

Batı Yakası Hikayesi: Tüm zamanların en başarılı filmleri arasında, aşk temasını işleyen bir diğer film ise, kendisinden sonra yapılan pek çok müzikal filme esin kaynağı olan "Batı Yakası Hikayesi" (West Side Story). 1950'li yıllarda New York'un batı yakasında geçen film, nefret-aşk ikilemi içerisinde savrulan duyguların müzik ve dans aracılığıyla dışa vurulduğu bir atmosfer sunuyor.

Birbirine düşman iki sokak çetesi arasındaki savaşta aşklarını ayakta tutmaya çalışan Tony ile Maria'nın hikâyesini eksene oturtan "Batı Yakasının Hikâyesi", "Rüzgâr Gibi Geçti"de olduğu gibi, savaş ve nefret ile aşk arasındaki ilişkiyi irdeliyor. Aşkın, nefrete rağmen var olmaya devam edeceğini, dolayısıyla aşkın yaşama isteğini ayakta tutan en büyük insani etki olduğunu vurguluyor.

Casablanca: Ölümsüz aşklardan söz açılmışken, sinema tarihinin unutulmaz filmlerinden biri olan "Casablanca "dan söz etmemek olmaz. Aslında "Tekrar Çal, Sam!" (Play It Again Sam) sözü bile insanda pek çok şeyi bir anda canlandırmaya yetiyor. Başrollerinde Humphrey Bogard ve Ingrid Bergman'ın yer aldığı "Casablanca", 2. Dünya Savaşı'nın ilk zamanlarında Almanlara karşı mücadele eden Çek direniş örgütünün lideri Victor Lazlow'un, Alman kampından kaçarak Casablanca'ya firar etmesiyle başlıyor.

Karısıyla birlikte Lizbon'a ve oradan da Amerika'ya kaçmayı planlayan Victor'un ipleri, Casablanca'nın en ünlü gece kulübünün sahibi olan Rick'in elindedir. Fakat Rick' in, Victor'un ölmesi ya da yakalanması için çok önemli bir nedeni vardır: Victor'un güzel karısıyla yaşadığı ve kalbinin derinliklerine gömdüğü aşk.

Bu aşkın en önemli sembolü de, Sam rolündeki Dooley Wilson'ın muhteşem yorumuyla dinlediğimiz "As Time Goes By" şarkısıdır. Pençesinden kurtulamadığı aşkın yeniden canlanmasıyla büyük bir ikileme düşen Rick, aşkın belki de vazgeçilmez unsurlarından biri olan fedakârlığı göstererek, zamanın akışına rağmen solmayan aşkını yeniden kalbine gömecektir.

Aşık Shakespeare: Hollywood sinemasında yapılan aşk temalı filmlerinin önemli bir kısmında, esin kaynağı olarak Shakespeare ve onun ölümsüz eseri "Romeo ve Juliet"in kullanıldığını görüyoruz. Bunların en çağdaş iki örneği ise, geçtiğimiz yıllarda gösterime giren "Aşık Shakespeare" (Shakespeare in Love) ile "Romeo + Juliet" oldu. Beyaz perdenin yeni starlarından Gwyneth Paltrow, Ben Affleck ve Joseph Fiennes'in başrol oynadığı ve Judi Dench' in Kraliçe Elizabeth rolüyle muhteşem bir performans sergilediği "Aşık Shakespeare", yönetmenliğini John Madden'in üstlendiği başarılı bir romantik komedi.

Shakespeare'in başta Romeo ve Juliet olmak üzere pek çok eserinin çağdaş bir kolajı niteliğinde olan film, avam sınıfına mensup genç yazar Will Shakespeare ile soylu bir ailenin güzel kızı Lady Viola arasındaki engellenemeyen aşkı konu alıyor. 1950'li yılların Londra'sında, kendisini kraliyete kabul ettirmek isteyen Shakespeare ile o zamanlar yalnızca erkeklerin yapmasına izin verilen tiyatro oyunculuğuna sevdalanan Viola'nın birbirlerine kavuştukları tek yer tabii ki tiyatro sahnesi oluyor. 1998 yapımı "Aşık Shakespeare", gösterime girdiği 1998 yılında büyük bir beğeniyle karşılanmış ve pek çok dalda Oscar ödülünün sahibi olmuştu.

Romeo + Juliet: Bir diğer Shakespeare uyarlaması olan "Romeo+Juliet"in, çağdaş olduğu kadar oldukça post-modern bir üsluba sahip olduğunu söyleyebiliriz. Tüm zamanların en trajik aşk hikâyesi olarak kabul edilen "Romeo ve Juliet", bu filmde, orijinal metindeki diyalogların ve karakterlerin modern arketiplere uydurulması ve acımasız modern dünyanın gangster savaşlarını arka fonda kullanılmasıyla beyaz perdeye yansıtılıyor. İki düşman ailenin üyesi olan genç âşıklar, ayrılmamak için trajik bir mücadeleye giriyorlar. Yönetmenliğini Boz Luhrmann'ın üstlendiği 1996 yapımı filmin başrollerinde, Leonardo Di Caprio ile Claire Dares gibi iki yeni yetme oyuncu yer aldı.

Özel Bir Kadın: Sinema tarihinde yer alan pek çok aşk filminin temasına, "zengin kız / erkek ile fakir erkek / kız" melodramlarının damgasını vurduğunu söyleyebiliriz. Bu melodramlar içerisinde en bilindik olanı ise, Julia Roberts ve Richard Gere' in başrol oynadığı "Özel Bir Kadın" (Pretty Woman) oldu.

Garry Marshall imzalı 1990 yapımı film, sokak fahişeliği yapan Vivian ile zengin ama mutsuz iş adamı Edward arasında Beverly Wilshire Oteli'nde başlayan cinsel ilişkinin, zamanla aşka dönüşmesini konu alıyor. Sindrella hikâyelerini andıran oldukça fantastik ve gerçekten uzak bir tablo çizen "Özel Bir Kadın", aşkın gücünün, paradan üstün olduğunu vurgulamaya çalışıyor. Bir anlamda Cyndi Lauper' ın seslendirdiği "Money Changes Everyhing" (Para Herşeyi Değiştirir) şarkısını, "Aşk Herşeyi Değiştirir" şeklinde yorumluyor.

Las Vegas'ta Aşk: Genellikle "gerçek" aşk ilişkisinin dışına itilen hayat kadınlarının, dışlanmadan aşkın öznesi haline getirildiği bir başka film ise, yönetmenliğini Mike Figgis'in üstlendiği "Las Vegas'ta Aşk" (Leaving Las Vegas) filmi. Elisabeth Shue'nun oldukça etkileyici ve gerçekçi bir fahişe tablosu çizdiği ve kendisine Nicolas Cage'in eşlik ettiği film, yaşama dair bütün arzularını kaybetmiş ve kendini içkiye vermiş bir adamın, bir sokak fahişesine duyduğu aşkla birlikte yeniden hayat bulmasını konu alıyor.

Pop ve caz klasikleri eşliğinde, çarpıcı Las Vegas portreleriyle oldukça etkileyici bir atmosfer sunuyor "Las Vegas'ta Aşk". Şiddet ve iletişimsizliğin hâkim olduğu, çaresizlik ve umutsuzluk içerisinde kaybolan şizofrenik insanların yaşadığı ve herşeyden önemlisi aşkın, tutku ve cinsel dürtüler karşısında bozguna uğradığı bir dünyada, aşkın kaderine karşı verdiği mücadeleyi ele alıyor.

Lolita: Bütün aşk filmleri, alışılmış kalıplarda iki yetişkin karşı cins arasında yaşanan aşklarla sınırlı değil. Orijinali Stanley Kubrick tarafından 1962 yılında çekilen, ama sansür yüzünden izlenme şansı bulamayan "Lolita", yetişkin bir adamın 12 yaşındaki bir kıza olan aşkını konu alıyor. Ünlü yazar Vladimir Nabokov' un aynı adlı romanından uyarlanan "Lolita", 1998 yılında Adrian Lyne tarafından beyaz perdeye tekrar uyarlandı.

1947 yılında New England'da geçen hikâyeye göre, edebiyat profesörü olan 45 yaşındaki Humbert, evinde kiracı olarak kaldığı Charlotte adlı aşifte bir kadının 12 yaşındaki güzel ve alımlı kızı Dolores' e gönlünü kaptırıyor. Küçük kıza olan aşkı, giderek karşı konulmaz bir tutkuya dönüşen Humbert, küçük kızın annesinin ölmesini fırsat bilerek kıza üvey babalık yapmaya başlıyor. Jeremy Irons ile Lolita' yı canlandıran Dominique Swain'in, psikolojik gerilimi yansıtan başarılı kompozisyonları, her şeye rağmen, muhafazakâr sınırları zorlamasından ötürü, fazla ilgi görmüyor.

İngiliz Hasta: En etkileyici aşk hikâyelerinden biri de, yönetmenliğini Anthony Minghella' nın üstlendiği ve başrollerinde Ralph Fiennes, Kristen Scott Thomas ve Juliette Binoche'un yer aldığı "İngiliz Hasta"ya (The English Patient) ait olduğunu iddia etmek mümkün. En İyi Film dalında Altın Küre ve Oscar ödüllerinin sahibi olan 1996 yapımı "İngiliz Hasta", 2. Dünya Savaşı sırasında Afrika' nın uçsuz bucaksız çöllerinde yaşanan tutkulu bir aşk hikâyesini konu alıyor.

Bir arkeoloji gezisi sırasında tanıştığı evli bir kadın olan Beth' e sırılsıklam âşık olan Bill adlı bir yazar, aşkını dizginleyemeyerek, sevgilisinin ve ardından kendisinin ölümüyle son bulacak trajik bir hikâyenin başlamasına neden olur. Oldukça etkileyici çöl manzaraları eşliğinde, Bill' in hayata olan kötümser bakışını doğrularcasına, giderek umutsuz bir hale gelen bir aşkı ele alan "İngiliz Hasta", biri mağarada diğeri ise harabe bir binada can veren iki aşığın ölümüyle, bir anlamda savaşın ardından meydana gelen ve asla tamir edilemeyecek olan yıkımı gözler önüne seriyor.

Köprü Üstü Aşıkları: Başrolünde Juliette Binoche'un yanı sıra Denis Lavant ve Klaus-Michael Gruber' in yer aldığı "Köprü Üstü Aşıkları" (The Lovers on the Bridge), hiç şüphesiz, sıradışı karakterleri ve hikayesiyle unutulmayan aşk filmlerinden biri.

Yönetmenliğini Lnos Carax'ın üstlendiği film, Paris'in en güzel köprülerinden biri olan Pont-Neuf köprüsünde yeşeren bir aşk hikâyesini konu alıyor. Gerçek hayatın katı mantığından usanan genç bir sanatçının, sokaklarda yaşamaya karar vermesiyle birlikte, kendisi için önceleri bir çılgınlık ve kurtuluş olarak gördüğü bir sokak adamına zamanla âşık olmasını konu alıyor.

O Çok Sevimli: Emek-aşk ilişkisini ele alan önemli bir film de 1997 yılında Nick Cassavates'ten geldi. Başrollerinde Sean Penn, Robin Wright ve John Travolta'nın yer aldığı "O Çok Sevimli" (She's So Lovely), birbirlerini deli gibi seven bir çiftin aşkının, aradan uzun yıllar geçmesine rağmen tekrar canlanmasını konu alıyor. Çılgın ve oldukça asabi olan kocası Eddie' nin istemeden de olsa hapse girmesine sebep olan Maureen, kocasının hapiste yattığı on yıl içerisinde Joey adlı bir adamla evlenir.

Hapishaneden çıktıktan sonra Maureen' in evlendiğini öğrenen Eddie, kızına ve kendi çocuklarına çok iyi babalık eden Joey'den karısını geri almakta kararlıdır. Eski kocasını hala deli gibi seven Maureen, çok iyi bir eş ve baba olan Joey ve üç çocuğunu geride bırakarak Eddie' ye geri döner. "O Çok Sevimli" emeğin ve sadakatin bile mani olamadığı aşkların olabileceğini gösteren ender filmlerden biri.

Selvi Boylum Al Yazmalım: Türk sinemasında, dünya çapında yapılmış en iyi aşk filmlerinden biri olduğunu söylemenin yanlış olmayacağı bir film. Atıf Yılmaz'ın yönettiği filmin başrollerinde Türkan Şoray ile Kadir İnanır oynuyor. Film, Cengiz Aytmatov'un bir romanından uyarlanmış.

Temelde aşk ve emek çatışmasını işleyen film, şoför İlyas, karısı Asya ve gerçek bir baba figürü çizen Cemşit arasındaki aşk üçgenini eksene oturtuyor. Kocası İlyas'ın kendisini aldatması üzerine, bebeğiyle birlikte evi terk eden Asya, Cemşit adlı iyi yürekli bir adamın yanına sığınır. Asya'ya âşık olan Cemşit, her ne kadar sevgisine karşılık bulamasa da, Asya'nın çocuğu Samet'e babalık eder.

Yıllar sonra İlyas' ın çıkıp gelmesiyle, çocuğunun baba bildiği ve üzerine çok emeği olduğu Cemşit ile İlyas arasında ikileme düşen Asya, İlyas' a olan ölümsüz aşkına rağmen, tercihini Cemşit' ten yana kullanır. İç monologlarla bezeli, karakterlerin psikolojik çözümlenmesine dayalı anlatımıyla Türk sineması'nda bir ilke imza atan "Selvi Boylum, Al Yazmalım", aşkın ancak emekle bütünleştiği zaman canlı kalabileceği mesajını veriyor.

Sevmek Zamanı: Metin Erksan'ın yaptığı "Sevmek Zamanı" özünde tasavvufi düşünceyi lirik, simgesel ve bütünlüklü bir anlatım içerisinde ele alan film, "surete aşık olma" temasını işliyor. Sema Özcan ve Müşfik Kenter'in başrol oynadığı "Sevmek Zamanı", Halil adlı bir boyacının, çalışmak için gittiği büyük bir köşkte asılı duran ve köşkün sahibine ait olan fotoğraftaki yüze âşık olmasını konu alıyor.

Kadın erkek üstünlüğü

*K*adın erkek arasındaki üstünlük tartışması hep varolmuştur. Birbirini çeken iki karşıt kutbun çatışması gibi görünen bu tartışmalar, aslında birbirini tamamlayan iki yarımın, bir bütün olmasından ibaret değil midir?

Kadın: Sanat eserlerinin yüzde 90'ı kadınlardan esinlenilmiştir.

Erkek: Sanat eserlerinin yüzde 90'ı erkekler tarafından yapılmıştır.

Kadın: Doğum günü evlilik yıldönümü gibi özel günleri hiç unutmayız.

Erkek: Biz de ütüyü fişte, yemeği ocakta, arabanın anahtarını kontakta hiç unutmayız.

Kadın: Az bildiğimiz bir şey üzerinde çok fazla konuşabiliriz.

Erkek: Yani çok konuşup hiç bir şey söylemezsiniz.

Kadın: Hiç iki kadının silahla oynarken birbirini vurduğunu duydunuz mu?

Erkek: Hiç iki erkeğin "Aman Allah'ım, elbisemin aynısını giymiş" diye mahvolduğunu duydunuz mu?

Ne zaman öğrendim?

*Y*aş 5: Anne ve babamın birbirlerine bağırmalarının beni ne denli korkuttuğunu öğrendim.

Yaş 7: Meşrubat içerken gülersem içtiğimin burnumdan geleceğini öğrendim.

Yaş 12: Bir şeyin değerini anlamanın en iyi yolunun ondan yoksun kalmak olduğunu öğrendim.

Yaş13: Annemle babamın el ele tutuşmalarının beni daima mutlu ettiğini öğrendim.

Yaş 15: Bazen hayvanların kalbimi insanlardan daha fazla ısıttığını öğrendim.

Yaş 18: İlk gençlik yıllarımın keder, şaşkınlık ve aşktan oluştuğunu öğrendim.

Yaş 24: Aşkın kalbimi kırabileceğini ama buna değer olduğunu öğrendim.

Yaş 33: Bir arkadaşı kaybetmenin en kısa yolunun, ona ödünç para vermek olduğunu öğrendim.

Yaş 36: Başkalarının benim için ne düşündükleri değil, benim kendi hakkımda ne düşündüğümün önemli olduğunu öğrendim.

Yaş 38: Eşimin beni hala sevdiğini, tabakta iki elma kaldığında, küçüğünü almasından anlayabileceğimi öğrendim.

Yaş 41: Bir insanın kendine olan güveninin, başarısını büyük oranda belirlediğini öğrendim.

Yaş 44: Annemin beni görmekten her seferinde sonsuz mutluluk duyduğunu öğrendim.

Yaş 46: Yalnızca minik bir kart göndererek birilerini mutlu edebileceğimi öğrendim.

Yaş 49: Bir işi daha iyi yapmaya çalıştığımda, yaratıcılığa dönüştüğünü öğrendim.

Yaş 50: Sevgi evde üretilmemişse, başka yerde öğrenmenin çok güç olabileceğini öğrendim.

Yaş 53: İnsanların bana izin verdiğim biçimde davrandığını öğrendim.

Yaş 55: Küçük kararları aklımla, büyük kararları ise kalbimle almam gerektiğini öğrendim.

Yaş 64: Mutluluğun parfüm gibi olduğunu, kendime sürmeden başkasına veremeyeceğimi öğrendim.

Yaş 70: İyi kalpli ve sevecen olmanın, mükemmel olmaktan daha iyi olduğunu öğrendim.

Yaş 82: Sancılar içinde kıvransam bile başkalarına baş ağrısı olmamam gerektiğini öğrendim.

Yaş 95: Öğrenmem gereken daha çok şey olduğunu öğrendim.

Kadınların eş ve sevgili kriterleri

*H*er insan kendine göre bir hayat arkadaşı olmasını ister. Kadınların kendilerince belirledikleri kriterler, erkeklere göre daha net olarak belirgindir. Bu kriterler yaşlarına göre değişiklik gösterebilir. Bakın yaş dönemlerine kadınların eş ve sevgili kriterleri nasıl değişiklikler gösteriyor:

20 yaş kriterleri: Yakışıklı. Sempatik. Maddi durumu iyi. Beni ilgiyle dinleyecek. Espri anlayışı gelişmiş. İyi giyinmeyi seven. Her konuda zevk sahibi. Sürpriz yapmayı seven. Romantik ve hayal gücü zengin.

30 yaş kriterleri: İyi görünümlü ve tercihen kafasında saçı olan. Arabadan inerken kapıyı açan. Pahalı bir restorana götürecek kadar parası olan. Konuşmaktan çok dinleyen. Fıkra anlattığında katıla katıla gülen. Alışverişte paketlerimin hepsini zahmetsizce taşıyacak kadar gücü kuvveti yerinde. En az bir kravata sahip. Yaptığım yemekleri beğenen. Özel günleri unutmayan. Haftada en az bir kez romantik olabilen.

40-50 yaş kriterleri: Çok daha çirkin değil.(tamamen kel olabilir). Ben binmeden arabayı hareket ettirmeyen. Fırsat oldukça akşam yemeğine götüren. Beni dinlerken başını sallayan. Anlattığım fıkraların can alıcı yerlerini hatırlayan. Evdeki eşyaların yerini değiştirmeme yardım edecek kadar gücü kuvveti yerinde. Göbeğini kamufle edecek şekilde kıyafet seçen. Klozetin kapağını indirmeyi unutmayan. Çoğu hafta sonu traş olan.

65 yaş kriterleri: Burun ve kulağının içinde kıllar fazla uzun olmayan . Para isteme alışkanlığı edinmemiş. Ben bir şey anlatırken uyuyakalmayan. Hafta sonu poposunu koltuktan kaldıracak kadar gücü yerinde. Ayaklarındaki çoraplar aynı renkte ve temiz olan. Televizyon karşısında akşam yemeğinden hoşlanan. Adımı unutmayan.

75 yaş kriterleri: Haftada bir olmasa da aklına estikçe sakal traşı olan. Küçük çocukları ürkütmeyen. Banyonun nerde olduğunu hatırlayan. Bakımı fazla masraflı olmayan. Mümkün olduğu kadar gürültüsüz horlayan. Neye güldüğünü birden unutmayan. Yardım almadan ayağa kalkabilecek kadar gücü kuvveti yerinde olan. Lapa yiyeceklerden hoşlanan. Takma dişlerini nereye koyduğunu unutmayan.

Aşk bazen...

*H*er gün, kendi kendime, tüm yaşam sorunlarımı aynı anda çözmeye çalışmayacağıma ve sizden bunu yapmanızı beklemeyeceğime söz vereceğim.

Her güne, kendim, siz ve içinde yaşadığım dünyaya ilişkin yeni şeyler öğrenmeye çalışarak başlayacağım.

Her güne, birbirimizi daha iyi tanıyabilmemiz için, size üzüntümün yanı sıra sevincimi de iletmeyi düşünerek başlayacağım.

Her güne, her ikimizin de yüzlerce farklı biçimde gelişip değiştiğimizi anımsayarak, sizi can kulağıyla dinleyip, görüş açınızı öğrenmeye çalışmayı ve kendi görüş açımı sizi en az korkutacak biçimde aktarma yolunu bulmayı kendime anımsatarak başlayacağım.

Her güne, bir insan olduğumu ve ben kusursuz oluncaya dek sizin kusursuz olmanızı istemeyeceğimi kendime anımsatarak başlayacağım.

Her güne, dünyamızdaki güzellikleri daha çok fark etmeye çalışarak başlıyacağım.

a ş k kendi kendine söz vermektir.

Her güne ellerimi uzatıp sevecenlikle size dokunmayı kendime anımsatarak başlayacağım.

Çünkü sizi duyumsamaktan yoksun kalmak istemiyorum.

Her güne, yeniden seven insan olma sürecine girerek başlayacağım ve sonra neler olacağını izleyeceğim.

Aşk bazen...

Fırat'ın bir yakasında yaşayan bir delikanlı ile öbür yakasında yaşayan güzel bir kadın varmış. Birbirlerine âşık olmuşlar. Delikanlı her gece Fırat'ın sularında yüzerek karşı yakaya geçer, sevgilisine ulaşırmış. Şafak sökmesine yakın delikanlı sevgilisine öpücük kondurup Fırat'ın azgın sularına girip öbür yakaya geçermiş. Bu gecelerce böyle sürüp gitmiş.

Yine bir gece delikanlı Fırat'ı geçip sevgilisinin yanına gitmiş. O gece ayrılmak istememiş kadının yanından. Kadının tüm ısrarlarına rağmen ayrılmamakta direnmiş.

Gün ağarmaya başladığında delikanlı veda öpücüğünü vermek üzere kadının yanına sokulmuş. Dikkatle bakmış kadının yüzüne güneşin ışığından yararlanarak. Şaşırarak sormuş kadına:

"Senin bir gözün görmüyor muydu?"

Kadın o zaman delikanlıya;

"Sen sen ol, sakın ola bugün Fırat'a girme" demiş.

Delikanlı dinlememiş kadının uyarısını. Ayrılmış kadının yanından. Fırat'a girmiş ve yüzme bilmediğinden boğulmuş.

aşk *olumsuzlukları görmemektir.*

Gerçekte yüzme bilmiyormuş delikanlı. Ona Fırat'ı geçiren kadına duyduğu aşkmış.

Aşk bitince de...

En büyük okyanusta bir su damlası olmak, uçsuz bucaksız sahilde bir kum tanesi olmak ama en önemlisi milyonlarca insanın içinden senin sevgilin olmak.

Bilgi damlacığı

Renkler psikolojiyi etkiliyor

icle Üniversitesi'nce (DÜ) yapılan bir çalışmada, renklerin içerdikleri düşük ya da yüksek titreşimli enerjinin insan psikolojisi üzerinde etkili olduğu bildirildi.

DÜ Öğretim Üyesi Yrd. Doç. Dr. Demet Çetin ile araştırma görevlisi Berivan Özbudak ve Bilal Gümüş tarafından hazırlanan "İç Mekan Aydınlatmasında Renk ve Aydınlatma Sistemi İlişkisi" konulu çalışmada, renklerin içerdikleri düşük veya yüksek titreşimli enerjinin insan psikolojisi üzerindeki etkilerine işaret edildi.

Aydınlatılacak ortamda, bireyler üzerinde uygun etki yaratacak renklerin seçiminin son derece önem taşıdığı vurgulanan çalışmada, renklerin algılanmasının ışık kaynaklarına bağlı bulunduğu, bu nedenle seçilen ışık kaynaklarının rengi ile renk geri verim endekslerinin de önemli olduğu belirtildi.

Eylemler ile renk arasındaki ilişkilerin doğru kurulmasının, görsel konforun sağlanmasını kolaylaştıracağı, kişilerin eylemleri daha kolay ve istekle yerine getirmelerinin sağlanabileceği anlatılan çalışmada, bu etkilerin sağlanabilmesi için uygun aydınlatma düzenekleri ve uygun ışık kaynaklarının seçilmesi gerektiği kaydedildi.

Seçilen ışık kaynağının, ortamın renklerine uygun olmasının önemine değinilen çalışmada, farklı renk özellikli ışık kaynaklarıyla sıcak ve huzurlu bir atmosfer yaratılabileceği gibi, uyarıcı, çalışmaya teşvik edici etkiler de oluşturulabileceği bildirildi.

Öneriler:

Söz konusu çalışmada, farklı mekânlar için uygun renk ve aydınlatma sistemlerine ilişkin öneriler ise şöyle sıralandı:

Yatak odası: Dinlenme, uyuma, kitap okuma gibi eylemlerin gerçekleştirildiği bu mekân için rahatlık, sükûnet, dinlenme, yatıştırma, yumuşatma ve sakinleştirme etkileri olan mavi, turkuvaz, morun açık tonları, açık yeşil renkler ile tavandan yansıtılan endirekt ışık ve başucu aydınlatması.

Çalışma odası ve toplantı salonu: Çalışma eyleminin yapıldığı bu mekan için gücü temsil eden, odaklanma ve otorite sağlayan, rahat ve tepkisiz hissettiren mor ve açık tonları, siyah ve karşıt renkleri, kahverengi ve lacivert ile tek yönden gelen ışık ve ayarlanabilir hareketli masa lambaları.

Oturma odası: Oturma, dinlenme ve televizyon izleme gibi eylemlerin yapıldığı bu mekân için gözü dinlendirmesi, huzur vermesi, stres atmayı sağlaması nedeniyle açık mavi, beyaz, açık ve doğal renkler ile sıcak renkli lambalar, endirekt ve ışığı ayarlanabilir veya bölgesel aydınlatma sistemleri.

Mutfak: Yemek pişirme, depolama, yiyecek hazırlama ve servis gibi eylemlerin gerçekleştirildiği bu mekânlar için doğayı çağrıştıran, güven ve huzur veren, bitecek bir zamanı temsil eden yeşil, sarı ve tonları ile sıcak ışık renkleri, tezgâh ve dolaplar için de özel aydınlatma düzenekleri.

Koridor, bekleme salonu ve girişler: Bekleme, geçiş ve oturma eylemlerinin yapıldığı bu mekânlar için kendine güven duygularını harekete geçiren, huzur veren gül rengi, şeftali, mor ve açık tonları, canlı ve sıcak renkler ile yarı şeffaf aplikler, geniş açılı armatürler.

Yemek odası, toplantı ve çok amaçlı salonlar: Çalışma, eğlence, yemek yeme, servis, toplantı ve sergi gibi eylemlerin yapıldığı bu tür mekânlar için sıcak, davet edici bir atmosfer, canlılık ve güven veren turuncu, kırmızı, yeşil-kırmızı, turkuvaz ve sıcak renkler, kontrolle değişebilen aydınlatma sistemi.

Çocuk odası, diskotek ve restoran: Dikkati ayakta tutan, enerji, hareket ve canlılık veren, kan dolaşımını hızlandıran turuncu, kırmızı, sarı ve yeşilin tonları ile tavandan yansıtılan endirekt aydınlatma, renkli ve özel aydınlatma sistemleri.

Aşk bazen...

Orta yaşlarda bir çift, dağ başındaki evlerinde geçiriyordu günlerini. Adamın tek zevki her gün gazete okumaktı. Fakat adam çok tembeldi. Gazete almak için dağın eteklerindeki bakkala gitmez, her gün eşini gönderirdi.

Fakat bu durumdan eşi çok rahatsızdı. Bir gün bu durumdan sıkılan kadın yedi tane gazete birden aldı. Bir tanesini eşine vererek diğerlerini sakladı.

Hafta boyunca her gün bir gazeteyi sakladığı yerden çıkararak, sanki o günün gazetesiymiş gibi eşine verdi.

Hafta sonu akşama doğru adam okuduğu gazetelerden başını kaldırdı ve eşine şöyle seslendi:

a
ş
k

küçük
intikamlar
almaktır.

"Karıcığım görüyor musun? Dünyada ne ahmak insanlar var. Yedi gündür aynı adam aynı yerdeki ağaca arabasını çarpıyor"

Bilgi damlacığı

Renklerin dili var

Sevdiğiniz renklerin kişiliğinizi yansıttığını biliyor muydunuz? Renk uzmanları, araştırmaların bu bilgiyi doğruladığını belirterek, "Renkler sizi ele verir" diyor. Bakın hangi renk, hangi karakter yapısını temsil ediyor:

* **BEYAZ:** İstikrarı, devamlılığı, temizliği simgeler. Politikacılar beyazı çok severler, çünkü temiz ve dürüst kişi izlenimi vermek isterler.

Beyazı her renkten fazla seven bir kadın, bilerek veya bilmeyerek, kalben ve zihnen temiz ve saf olduğunu ortaya koyuyor demektir. Bu kadın nazik, değer bilen, alçak gönüllü ve asildir. Beyazcı erkekler ise, soğukkanlı ve cömerttir. Başkalarına yardım için para ve zaman harcamaktan asla çekinmezler.

* **KIRMIZI:** Bu renk canlılık ve dinamizmle ilgili bir renktir. Kırmızı renk fiziksel olarak ataklığı canlılığı, duy-

gusal bağlamda bir işi sonuna kadar götüren azmi ve kararlılığı gösterir. Mutluluğu temsil eder ve kişinin iştahını açar. Dünyadaki gıda firmalarının hepsinin logosunun kırmızı olduğunu fark edeceksiniz.

Ne kadar parlak olursa olsun, hiç bir renk kırmızı kadar dikkat çekmez. İnsanların üzerinde canlandırıcı, kışkırtıcı ve heyecan verici bir etki yaratır. Ancak uzun süre seyredildiğinde sinirlerde gerginlik yapar. Özellikle hastane bahçelerinde, toplu halde kırmızı çiçeklere yer vermek uygun olmaz. Tansiyonu yükseltir, kan akışını hızlandırır. Aşkın ve arzunun rengidir. Kırmızı dolaşım sistemindeki kan akımını hızlandırır. Çocuk eşyalarında bu tonun fazla kullanılması, çocukların mutluluğunu temsil etmesindendir.

Kırmızıya tutkun kadınlar, şen ve hayat dolu olurlar. Çabuk heyecana gelip, çabuk kızar ve öfkelenirler. Son derece azimlidirler. Gelecek hakkında plan yapmayı sevmezler. Kırmızıyı diğer renklere tercih eden bir erkek ise hiçbir şeyden korkmaz. Tehlikeyi davet eder ve felaketleri bile gülerek karşılar.

* YEŞİL: Yeşil ahenk, huzur, uyum ve anlayış ile ilgilendirilir. Güven verir. O yüzden bankaların logolarında en çok tercih ettikleri iki renkten biridir. Yatak odası için de rahatlatıcı bir renktir. Batıda büyük otellerin mutfaklarında duvar renginin, aşçıların yeniliklerini arttırmak için yeşile boyandığı söylenir. Yaratıcılığı körükler, rahatlatıcı özelliği nedeniyle büyük lokanta ve mutfaklarda kullanılır. Hastanelerde logo ve iç dizaynlarında yeşili tercih eder.

Doğanın ve baharın rengidir, insanlar üzerindeki etkisi tartışılmazdır. Yeşil alanlarda insanların daha az mide rahatsızlığı çektiği saptanmıştır.

Yeşil seven kadının en belirgin özelliği, pratik zekalı ve hazır cevap olmasıdır. İğneli cevaplar vermekte üstüne yoktur. Yeşilci bir kadınla kavga edenin, kazanma ihtimali çok düşüktür. Yeşili tercih eden erkek ise, çoğu zaman huzursuzdur. "Nerede akşam, orada sabah" diyen bir yapısı vardır. Başkalarına fazla güvenir.

* MAVİ: Mavi renk gökyüzünün ve geniş ufukların simgesidir. Sınırsızlığı ve uzak bakışlılığı simgeler. İçinde sonsuz evrensel enerjilerin potansiyelini taşır. Kanın akışını yavaşlatır, sakin diye nitelenebilir. Huzuru temsil eder ve sakinleştirir. Aynı şekilde tabiatta ağırlıklı renk olmasından dolayı, yeşil gibi insanı sakinleştirir. Huzur verir ve kişinin gerginliğini azaltır.

Mavinin üzerimizdeki etkisi çok fazladır, sakinliğin ve mutluluğun rengi diyebiliriz. Özellikle açık mavi renkler kişinin iş ve ev ortamında sık olarak kullanması gereken renktir. Mavinin kan akışını hızlandırdığına inanıldığından, nazar boncuğu da mavidir. Yeşil ve mavi ayrıca sağlamlığın ifadesidir.

Maviye meyleden kadınların hisleri, son derece derin olur. Böyle bir kadına bakarsanız, bir an neşenin kanatlarıyla uçarken, biraz sonra, kederin derin uçurumlarına yuvarlanırsınız. Mavici erkekler, sakin ama kontrolsüz olur. Bu erkekler sistemle değil, ilhamla çalışmayı tercih ederler. Sabırlı bir mesai gerektiren işlerde başarılı olamazlar.

* SARI: Bu renk zekâ, incelik ve pratiklikle ilgilidir. Toplumsal yaşamı ve birlikte çalışmayı yansıtan bir anlamı vardır. Geçiciliğin ve dikkati çekiciliğin ifadesidir. O yüzden taksiler sarıdır. Dikkat çeksin ve geçici olduğu bilinsin diye.

Araba kiralama şirketleri de logolarında sarıyı kullanırlar. Ayrıca bu yüzden dünyada hiçbir banka ambleminde sarıyı kullanmaz. Paranın geçici değil, kalıcı olmasını isterler. Sarı güneşin rengi olduğu için kişinin günlük hayatına egemen olan renktir. Özellikle açık sarı kişiye huzur verir. Morali bozuk olan kişiler, sarı rengin egemen olduğu ortamlarda kendilerini gevşemiş, hafiflemiş hissederler. Sarı ayrıca hüzün ve özlemin rengidir. Sonbaharın tüm hüzünlü güzelliğinde onun her rengini izlemek mümkündür.

Sarı seven kadınlar, dedikoduyu da sever. Pek cömert sayılmasa da, iyiliği üzerinde olduğu zaman herkese yardım etmeyi sever. Renklerin içinden sarıyı seçen erkekler ise, biraz korkaktır. Herkesi kendine baktırmaktan zevk alır. Kendini fazlaca över.

* MENEKŞE ve MOR: Menekşe renginin ruhsal esenlik ve sonsuzluk ile ilgili olduğu düşünülür. Eskiden beri ihtişam ve lüksün son basamağı olarak düşünülür. Tarih, yüksek sınıfların, saray mensuplarının daima morla bezendiklerini kaydeder. Nevrotik duyguları açığa çıkardığından, bilinçaltında insanları korkuttuğu saptanmıştır.

Moru seven kadın, ihtişam ve lükse düşkündür. Servet, konfor, şöhret ve mevki elde etmek ister. Durmadan beğenilip, iltifat yağmuruna tutulmadan kendilerini rahat hissetmezler. Mor rengi diğerlerine tercih eden erkeklerin gözü yüksektedir. Önlerine gelenle dost olmazlar. Aristokratlığa özenirler.

* KAHVERENGİ: Gerçekçiliğin, plan ve sistemin rengidir. İnsanlar üzerinde canlılık, hareketlilik etkisi bırakır. Yapılan bir deneyde, bir müzede fon kahverengiye döndürüldüğünde ziyaretciler daha çok yeri daha az zamanda gezmişler.

Kahverengi toprağın rengidir, insanların hareketlerini hızlandırır. Kahverengi ağırlıklı olan yerlerde uzun süre oturmak güçtür. Hareketliliği arttırdığı için özellikle fast-food restaurantlarda bu renk fazla kullanılır. Dikkat ederseniz dünyadaki fast-food restaurantlarının hepsinin sandalyeleri ve masaları, duvar boyaları kahverengi, şampanya, pembe karışımıdır. Hiçbir fast-foodcunun duvarını beyaz göremezsiniz.

Büronuzda kahverengi mobilyalar kullanmayın. Kahverengi aynı zamanda teklifsiz, rahat bir renk olarak kabul edilir. Karşınızdakinin kendini resmiyetten uzak, daha rahat hissetmesini ve açılmasını sağlar. Mesela, gazeteciler. Tüm ünlüleri rahatlıkla konuşturmasıyla tanınan ünlü televizyoncu Larry King'i programında her seferinde kahverengi kravatlar ve ceketlerle görürsünüz.

Kahverengi toprak rengidir ve diğer insanlar arasında kaybolur gidersiniz. İş görüşmelerinizde, profesyonel toplantılarda sakın kahverengi giymeyin.

Bu rengi seven kadınlar, metodik olurlar. Göze pek çarpmazlar ve olağanüstü bir şey yapmazlar. Ev işinden hoşlanır, bulaşıktan hiç şikâyet etmezler. Kahverengiyi tercih eden erkekler de özgürlükten uzaktır. Bununla beraber iyi işleyen kafaları, her şeyi gören ve anlayan zekâ düzeyleri vardır. Bu kişiler cicili bicili, süslü püslü şeylerden nefret ederler.

* SİYAH: Gücü ve tutkuyu temsil eder. Hırsın da bir ifadesidir. Makam arabaları örnektir. Batı'da yası, matemi anlatır, oysa Japonya'da siyah mutluluktur. Siyah fonda kullanıldığında karamsarlığı çağrıştırsa bile vazgeçemediğimiz romantik gece rengidir. Konsantrasyonu en çok sağlayan renktir. Einstein'in çalıştığı konuya odaklanmak için perdeleri siyah, gün ışığı olmayan bir odaya girip bu şekilde düşündüğü söylenir.

Siyah seven kadınların en belirgin özelliği; disiplin merakıdır. Çekingen olmalarına karşın bu yönlerini gizlerler. Coşkun, ateşli ve fırtınalı oldukları pek nadirdir. Siyah seven erkekler ise, sert tabiatlı olurlar. Başkalarının hayatına karışmayı çok severler. Durmadan nasihat ederler. Herkesi idare etmek isterler.

Çiçeklerin Dili *(Alfabetik sırayla)*

AÇELYA	Nefse hâkimiyet.
AÇELYA (HİNT)	"Gerçek şu ki, herşey bitti!"
ADAÇAYI	Eşler arasında "Biz iyi bir aileyiz" mesajıdır.
AKASYA (PEMBE VEYA KIRMIZI)	Güzellik, zerafet ve incelik; "Seni beğeniyorum."
AKASYA (BEYAZ)	Dostluk; "Bizimki temiz bir sevgi, belki biraz arkadaşça..."
AKASYA (SARI)	Platonik aşk, isimsiz aşık...
ANANAS	"Sen kusursuz birisin!"
ARDIÇ	"Seni koruyacağım!"
AYÇİÇEĞİ (ÇİÇEK OLARAK)	"Sana tapıyorum!"
BADEM	"Aşkımızın sürmesini ümit ediyorum."
BİBERİYE	Anma
ÇAN ÇİÇEĞİ	"Aşkımıza sadakatle bağlıyım!"

ÇİNGÜLÜ	"Zarif ve çok güzelsin!"
ÇUHA ÇİÇEĞİ	"Çok güzelsin."
DEFNE	Terfi eden kişilere gönderilir; "şan, ün, görkem" anlamı taşır.
EĞRELTİOTU	Samimiyet.
ELMA	"İtiraf etmem gerekirse, seni görünce şeytana uyasım geliyor; ya senin?"
ERİK	"Sözüme sadık kalacağım."
FESLEĞEN	İyi dilekte bulunmak için.
FINDIK	"Barışmak istiyorum!"
FULYA	"Sevgilim, geri dön!"
GARDENYA	"Beni unutma; gerçek aşkımsın..."
GELİN EL ÇİÇEĞİ	"Mutlu olabiliriz."
GÜL	Sevgiyi ifade eder.
GÜL (PEMBE)	"Arkadaşımsın."
GÜL (KIRMIZI)	"Seni seviyorum; ihtirasla bağlıyım sana!"
GÜL (KIRMIZI & BEYAZ)	Birliktelik isteği.
GÜL GONCASI (KIRMIZI)	"Genç ve güzelsin."
HANIMELİ	"Sana olan bağlılığım sonsuza kadar sürecek."
HERCAİ MENEKŞE	"Beynimi işgal ediyorsun; ama ben bu durumdan şikayetçi değilim..."
IHLAMUR	Evli çiftler için "Seni seviyorum" anlamı taşır.

İSPANYOL YASEMİNİ	"Bence, sen çok seksi ve şehvetlisin!"
KAKTÜS	İçtenlik; "Aşkımız için zorluklara katlanmalıyız!"
KAMELYA	"Kusursuz bir âşıksın!"
KARANFİL	Kişinin kendine olan öz saygısını ve güzelliği ifade eder.
KARAÇALI	"Dostluğumuz uzun ömürlü olsun!"
KARANFİL (KOYU KIRMIZI)	"Kalbimi kırdın!"
KARANFİL (PEMBE)	"Seni unutmayacağım..."
KARANFİL (KIRÇILLI)	"Üzgünüm, ama bitmek zorunda..."
KARANFİL (SARI)	"Beni hayal kırıklığına uğrattın!"
KREZENTEM (BEYAZ)	"Bana gerçeği söyle!"
LALE	Aşkı ifade eder.
LALE (KIRMIZI)	"Aşkımı itiraf etmek istiyorum!"
LALE (ALACALI)	"Gözlerin çok güzel."
LALE (SARI)	Umutsuz aşkı ifade eder.
LEYLAK (MOR)	"Sana ilk görüşte âşık oldum!"
LEYLAK (BEYAZ)	"Hoş ve namuslu birisin."
MENEKŞE	Alçakgönüllüğü ifade eder.
MENEKŞE (MAVİ)	"Sana sadık kalacağım."
MENEKŞE (MOR)	"Düşüncelerimi zaptettin!"
MELEKOTU	"İlham kaynağımsın."
MERSİNAĞACI	"Çok mutluyum, çünkü seni seviyorum!"

MİMOZA	"Fazla alıngansın!"
NANE	"Sana karşı içimde sıcak hisler besliyorum."
NERGİS	"Saygılarımla"
ORKİDE	"Aşkım, sen çok güzelsin, sen çok özelsin!"
ÖKSEKOTU	"Sorunların üstesinden geleceğim."
PAPATYA	Temiz bir kalbin simgesi.
PAPATYA (BAHÇE)	"Fikirlerini paylaşıyorum."
PELESENK	Sabırsızlık; "Aşkım, daha fazla bekletme!"
PETUNYA	"Umudunu yitirme!"
PORTAKAL	Karşılıklı aşk; "Ben de seni seviyorum."
REZENE	Övgüye değer.
SARDUNYA	"İçin rahat olsun, her zaman yanındayım!"
SARMAŞIK	"Aşkıma sadığım!"
SEDİR YAPRAĞI	"Senin için yaşıyorum."
SÜSEN ÇİÇEĞİ	"Sana bir haberim var!"
SÜSEN ÇİÇEĞİ (SARI)	İhtiraslı bir aşk.
ŞEFTALİ	"Seninim!"
YASEMİN	"Güzel ve çekicisin."
YENİBAHAR	"Acını paylaşıyorum."
ZAMBAK (SARI)	"Seni neşeli ve nazik (çekici) buluyorum!"
ZEYTİN	"Barışalım"

Sevi Şiiri

Ben senin en çok sesini sevdim
Buğulu çoğu zaman, taze bir ekmek gibi
Önce aşka çağıran, sonra dinlendiren
Bana her zaman dost, her zaman sevgili

Ben senin en çok ellerini sevdim
Bir pınar serinliğinde, küçücük ve ak pak
Nice güzellikler gördüm yeryüzünde
En güzeli bir sabah ellerinle uyanmak

Ben senin en çok gözlerini sevdim
Kah çocukça mavi, kah inadına yeşil
Aydınlıklar, esenlikler,mutluluklar
Hiç biri gözlerin kadar anlamlı değil

Ben senin en çok gülüşünü sevdim
Sevindiren, içinde umut çiçekleri açtıran
Unutturur bana birden acıları, güçlükleri
Dünyam aydınlanır sen güldüğün zaman

Ben senin en çok davranışlarını sevdim
Güçsüze merhametini, zalime direnişini
Haksızlıklar, zorbalıklar karşısında
Vahşi ve mağrur bir dişi kaplan kesilişini

Ben senin en çok sevgi dolu yüreğini sevdim
Tüm çocuklara kanat geren anneliğini
Nice sevgilerin bir pula satıldığı dünyada
Sensin, her şeyin üzerinde tutan sevdiğini

Ben senin en çok bana yansımanı sevdim
Ben de yeniden var olmanı, benimle bütünleşmeni
Mertliğini, yalansızlığını, dupduruluğunu sevdim
Ben seni sevdim, ben seni sevdim, ben seni...

(Ümit Yaşar Oğuzcan)

Yaşayalım ki

Seninle yaşlanmak istiyorum. Seneler geçsin, sen beni bil, ben seni bileyim istiyorum. Benim olduğu kadar dostlarının, dostlarının olduğu kadar benim ol istiyorum. Nice sıkıntı ve zorluk yaşayıp anlatalım.

Yaşayalım ki, öğrenelim hayatı ve destek çıkmayı. Birbirimizin omuzlarında ağlamalıyız. Sen çok dertlenip, içip, arkadaşlarınla eve gelmelisin. Paylaşmalı ve beraber sıkılmalıyız. Öyle ki, yalnız sıkılmak sıkmalı bizi.

Yaşayalım ki, paramız olunca sevinelim. Güzel günlerimizi, evimizde, bır şişe şarap ve pijamalarımızla kutlamalıyız. Ya da bazen dostlarla ucuz biralar içerek... Böylece yaşamalıyız işte.

Sonra çocuğumuz olmalı, düşünsene, senin ve benim olan bir canlı. Geceleri ağladıkça sırayla susturmalıyız. Sen arada mızıkçılık yapmalısın. Ve ben söylenerek sıranı almalıyım. Yorgun olduğum için yemek yapmamalıyım, söylenerek yumurta kırmalısın. Hava soğukken birbirimize sıkıca sarılıp yatmalıyız.

Zaman su gibi akıp giderken, herşey yaşanmış bir hayatımız olmalı. Herşeye rağmen hiç bıkmamalıyız birbirimizden. Mutlu da olsa, kötü de olsa, yaşadığımız günler bizim günlerimiz olmalı. Saçlara düşünce aklar ya da gidince aklar, çocukları güvence altına alıp gitmeli bu şehirden.

Kavgasız, her sabah gürültüyle uyanılmayan, sessiz bir yere gitmeliyiz. Geceleri balkonda denizi seyredip, sandalyelerimizde sallanmalıyız. Eve gelip, benden kahve istemelisin. Çocuklar gelmeli ziyaretimize, geçmişteki hareketli günlerimizi anımsamalıyız...

Öyle sevmelisin ki beni, bu yazdıklarım korkutmamalı seni. Tebessümler açtırmalı yüzünde. Bir gün bu hayatı bırakıp giderken, sadece mutluluk olmalı yüzümüzde, birbirimizi sevmenin gururu olmalı \"her şeyde"\. (Can Yücel)

*Seni düşündüğüm her an
kendime bir yıldız alıyorum.
Ama ne kadar yıldızın var diye sorma.
Çünkü artık benim bir gökyüzüm var.*

Bir Dost

*S*aate bakmaksızın kapısını çalabileceği bir dostu olmalı insanın...

"Nereden çıktın bu vakitte" dememeli, bir gece yarısı telaşla yataktan fırladığında; gözünün dilini bilmeli; dinlemeli sormadan, söylemeden anlamalı...

Arka bahçede varlığını sezdirmeden, mütemadiyen dikilen vefalı bir ağaç gibi köklenmeli hayatında; sen, her daim onun orada durduğunu hissetmelisin. İhtiyaç duyduğunda gidip müşfik gövdesine yaslanabilmeli, kovuklarına saklanabilmelisin.

Kucaklamalı seni güvenli kolları, dalları bitkin başına omuz, yaprakları kanayan ruhuna merhem olmalı...

En mahrem sırlarını verebilmeli, en derin yaralarını açıp gösterebilmelisin; gölgesinde serinlemelisin sorgusuz sualsiz...

Onca dalkavuk arasında bir tek o, sözünü eğip bükmeden söylemeli, yanlış anlaşılmayacağını bilmeli.

Alkışlandığında değil sadece, asıl yuhalandığında yanında durup koluna girebilmeli.

Övmeli âlem içinde, baş başayken sövmeli ve sen öyle güvenmelisin ki ona, övdüğünde de sövdüğünde de bunun iyilikten olduğunu bilmelisin. "Hak ettim" diyebilmelisin.

Teklifsiz kefili olmalı hatalarının; günahlarının yegâne şahidi... Seni senden iyi bilen, sana senden çok güvenen bir sırdaş...

Gözbebekleri bulutlandığında, yaklaşan fırtınayı sezebilmelisin. Ve sen ağladığında onun gözlerinden gelmeli yaş...

Böyle bir dostum var benim.

Pek sık görmesem de hep yanımda olduğunu bildiğim, yalansız, riyasız dertleşebildiğim.

Kuşağımın en iyisiydi hilafsız... bereber okuduk, birlikte koştuk son 20 yılın amansız parkurunu...

Katılasıya ağladık, doyasıya güldük yolboyu... ekmeğimizi ve acılarımızı bölüştük. Çocuklar doğurduk, büyükler gömdük.

Sonunda yara bere içinde oraya buraya savrulduk.

Buluştuk geçenlerde...

Bitaptı; kayan bir yıldız kadar ışıltılı, bir o kadar yorgun..

"N'apıyorsun?" diye sordum.

"Seyrediyorum" dedi; "Çaresizce, öfkeyle, şaşkınlıkla, ama sadece seyrediyorum."

Seyrettiği; kuşağımızın en kötülerinin pespayelik yarışında ipi ilk göğüsleyenlerin zirveye hak kazanmalarındaki akılalmaz gariplikti.

İyiliğin ve ustalığın bu kadar eziyet gördüğü, kötülüğün ve yeteneksizliğin bunca ödüllendirildiği bir başka coğrafya var mıydı?

Okuldaki ideallerimizden, gençlik coşkumuzdan sözettik bir süre; tozlu raftaki bir kitabı merakla karıştırır gibi...

Ülkemizin kaderini değiştirmeye azimliydik mezun olurken; lakin karanlığını boğmaya yemin ettiğimiz ülke, karanlığına boğmuştu bizi...

Pazarda görsek tezgâhından meyve almayacağımız adamların cenderesinde bir ömür geçirmiş, tünelden çıkış sandığımız ışığın, üstümüze gelen kamyonun farı olduğunu çok geç fark etmiştik.

Velhasıl ne sevebilmiş ne terk edebilmiştik.

Krizde geçmişti bütün gençliğimiz; ve şimdi çocuklarımıza tek devredebildiğimiz çok daha ağırlaşmış bir kriz...

"İşte" diye iç geçirdi kadim dostum, "...bunları seyrediyorum bir kenardan sessizce..."

İşte en çok da böyle zamanlarda bir dostu olmalı insanın...

Yıllarca aynı ip üstünde çalışmış, cesaretle ihanet arasında gidip gelen bir salıncağın sınavında birbiriyle kaynaşmış iki trapezci gibi güvenle kenetlenmeli elleri...

"Parkurun bütün zorluklarına rağmen dostluğumuzu koruyabildik, acıları birlikte göğüsleyebildik ya; yenildik sayılmayız" diyebilmeli...

Issızlığın, yalnızlığın en koyulaştığı anda, küçücük bir kâğıda yazdığımız kısa ama ümit var bir yazıyı yüreğe benzer bir taşa bağlayıp birbirimizin camından içeri atabilmeliyiz:

"Bunu da aşacağız!"

İmza: Bir dost!... (Can Dündar)

İlişkilerinizde yararlanmanız için burçlar hakkında ipuçları

*B*u bölümde, kendinizi ve karşınızdaki insanı daha yakından tanımanız ve anlamanız için, ufak ipuçlarını bulabileceğiniz bazı bilgileri derlemeye çalıştım. Okuyacağınız bilgiler, karşılıklı anlamayı ve anlaşılmayı sağlamanıza yardımcı olacaktır.

Bu bölümde, (www.astroloji.org) sitesindeki bilgilerden yararlandım. Kendilerine teşekkür ediyorum.

Hani bir söz vardır. "Fala inanma, falsız da kalma."

Siz siz olun, önce kendinize, sonra karşınızdaki insana güvenin.

Burçları da incelerseniz fena olmaz hani...

Koç Burcu (21 Mart-19 Nisan)

Genel özellikleri: Öncülük ve macera ruhu, girişkenlik, yönlendirme, hedef belirleme özelliği, yüksek enerji, engelleri aşabilme yeteneği, sınırlamalardan nefret etme, liderlik, dürüstlük, hazır cevaplık, canlılık. Bencillik, kararları yıkmak, kendini öne sürmek, ileriye çıkartmak, alaycı, isyankâr, sabırsız, saldırgan, hiddetli, ani çıkışlar yapar.

Koç Burcu Kadını Genel Özellikleri

Koç burcu kadını hareketli, konuşkan ve girişimci yapısıyla dikkat çeker. Oldukça da esprilidir. Alımlı, atletik yapılı ve narindir. Eleştirdiği ve hoşlanmadığı şeyleri mutlaka dile getirir. Toplum içerisinde cazibe ve farklılığıyla dikkat çeker.

Koç kadını iş hayatında oldukça hırslı ve idealisttir. Aklına koyduğunu mutlaka gerçekleştirmek ister ve çizdiği yolda şaşmadan ilerler. Zamanı kullanmayı iyi bilir ve çalışkandır. Koç kadını özellikle içten ve sempatik tavırlarıyla arkadaş çevresinde aranan eğlenceli bir dosttur. İçten içe biraz tedirgin ve huzursuzdur. Kendisini fazlasıyla eleştirir ve hep bir yarış içerisindeymiş gibi kendisiyle çok uğraşır. Dostlarına ve sevdiklerine çok önem verir ve fazlasıyla fedakârdır. Duygusal yapısı oldukça hassas olduğu için olumsuz eleştiriler onu fazlasıyla kırabilir. Evine ve ailesine çok düşkündür ve bu konuda da her konuda olduğu gibi mükemmelliyetçidir.

Sürekli hareketli olmayı seven Koç burcu kadını boş zamanlarında da sosyal aktivitelerde bulunmak, spor yapmak ve dostlarıyla vakit geçirmekten çok keyif alır.

Koç Burcu Erkeği Genel Özellikleri

Koç burcu erkeği kendine güvenen, hareketli ve enerjik yapısıyla toplum içinde fark edilir. Otoriterdir ve otorite kurmaktan keyif alır. Dik başlıdır ve hata yaptığında bunu kabul etmek istemez ve bencil davranışlar sergiler.

Koç burcu erkeği özgürlüğüne fazlasıyla düşkündür. Dostları ve arkadaşları için yapmayacağı şey yoktur. İnsanlara yardım etmeyi ve onların sorunlarını paylaşmayı sever. Cömerttir ve maddi anlamda da özgür olmayı sever. Kendi işini kurmak ve yürütmek onlar için çok daha cazeptir. Başkalarından emir almaktan hoşlanmaz.

Koç burcu erkeği incindiği zaman oldukça kırıcı olur ve sözünü sakınmaz. Eleştiricidir, sert bir dille eleştirebilir. Ev hayatına ve ailesine oldukça düşkündür. Fakat dışarıdaki hayatını da fazlasıyla sever. Bu onun yerinde duramayan hareketli yapısından kaynaklanmaktadır. Daima kendini evinde huzurlu ve rahat hissetmek ister.

Boğa Burcu (20 Nisan-20 Mayıs)

Genel özellikleri: Pratik, güvenilir, uyumlu, tahammüllü, güçlü değer yargıları var. Kararlıdır. Sanata ve güzelliğe düşkündür. Güçlü istekleri vardır. Sıcakkanlıdır. Para sahibi olur. Duygulara önem verir. Tembellikleri vardır ve kendine düşkündür. Değişkenlik ve yeterince esneklik yoktur. Alıngandır.

Boğa Burcu Kadını Genel Özellikleri

Boğa burcu kadın sessiz, sakin ve mağrur duruşuyla dikkat çeker. Gerçekçi ve otoriter bir tavrı vardır. Girdiği ortamlarda hal ve tavırlarıyla dikkati çeker. Hırslıdır ve düşlediği bir şeye ulaşmak için elinden geleni yapar. Alışkanlıklarına bağlıdır ve sadakatsizlikten hoşlanmaz.

Boğa burcu kadını duygusal açıdan oldukça hassas ve kırılgandır. Birine değer verdiği zaman onun için daima elinden geleni yapar. Sadakatsizlikten hoşlanmaz. Dışarıdan soğuk görünmekle beraber, yumuşak kalplidir. Çalışkandır ve bir işe başladığı zaman sonuna kadar o işi götürür.

Boğa burcu kadını maddi rahatlığa fazlasıyla önem verir. Fakat giriştiği işlerde kendini çok fazla riske atmayı sevmez. Merhametlidir ve yardımseverdir. Gönül ilişkilerinde onun için sevgi ve saygı çok önemlidir. Tekeşlidir ve sadık bir eş olur. Boş zamanlarında yemek yapmayı, müzik dinlemeyi ve el sanatlarıyla uğraşmayı sever. Boğa burcu kadını evine düşkündür. Huzursuzluktan hoşlanmaz. Hediye almaktan fazlasıyla hoşlanırlar.

Boğa Burcu Erkeği Genel Özellikleri

Boğa burcu erkeği inatçı, çalışkan, hareketli ve sakin yapısıyla dikkat çeker. Bu sakin görünüşünün altında oldukça hareketli bir insan vardır. Kızdığı zaman oldukça inatçı olur ve hiçbir şekilde düşündüklerinden ödün vermez.

Boğa burcu erkeği evine bağlıdır ve uyumlu bir eştir. Aynı zamanda çocuklarıyla arasında sıcak bir bağ vardır ve iyi bir babadır. Bir o kadar da sert ve disiplinlidir. İşlerine fazlasıyla düşkündür. Başladığı bir işi sonuna kadar devam ettirir.

Fiziksel anlamda yapılı ve sağlıklı bir görünüm içindedir, ancak boyun bölgesi en zayıf bölgesidir. Sağlığına dikkat etmesi gerekir. Çünkü göründüğünden çok daha hassastır.

Boğa burcu erkeği karşı cins tarafından oldukça beğenilir. İlişkilerinde sadıktır ve her anlamda fedakârdır. Lüksten ve konfordan fazlasıyla keyif alır. Cömerttir, fakat savurgan değildir. En sadık dostlar boğa burcu erkeklerinden çıkar.

İkizler Burcu
(21 Mayıs-21 Haziran)

Genel özellikleri: Uyumlu, entelektüel, çabuk kavrayan, mantıklı, konuşkan, canlı, sempatik, yeniliklere açıktır. Aynı anda bir kaç işi birden yapabilir. Değişken ve kararsızdır. Yüzeysel, huzursuz ve havaidir.

İkizler Burcu Kadını Genel Özellikleri

İkizler burcu kadını neşeli, enerjik ve hareketli yapısıyla dikkat çeker, fakat bir o kadar da kararsızdır ve sürekli fikir değiştirir. İkizler burcu kadını pratik, akıllı ve çekicidir. Fakat bir ikizler kadınını anlamak çok zordur. Çünkü sürekli bir değişkenlik içerisindedir.

İkizler kadını tez canlıdır ve hareketli yaşamayı sever. Özellikle seyahat etmek, yeni yerler görmek ve yeni insanlarla tanışmak ona çok büyük keyif verir. Farklılıktan hoşlanır.

İkizler kadını birden fazla işle aynı anda uğraşabilir. Kendisine vakit ayırmaktan fazlasıyla keyif alır. İlgiden çok hoşlanır ve fazlasıyla iyi niyetlidir. Maddi konuda bağımsız olmaktan hoşlanır. Kısıtlanmaktan ve özellikle emir almaktan hoşlanmaz.

Hayal kurmayı çok sever ve daima iyi şartlarda yaşamak için uğraşırlar. İkizler kadını akıcı ve etkili konuşması ve ikna kabiliyetiyle fazlasıyla dikkat çeker ve iyi bir dosttur. İkili ilişkilerde oldukça fedakâr ve iyi bir arkadaş / eştir.

İkizler Burcu Erkeği Genel Özellikleri

İkizler burcu erkeği zeki, nazik, güzel ve etkili konuşur ve cazibeli yapısıyla dikkat çeker. Pratiktir ve sorunlar karşısında kolayca çözüm üretebilen bir yapısı vardır.

İkizler burcu erkeği değişkendir ve bazen onu anlamak zor olabilir. Çocuksu tavırlarıyla sürekli ilgi bekleyen bir yapısı vardır. Aklına koyduğunu mutlaka yapmak ister. Diğer taraftan özgürlüğüne düşkün olan ikizler erkeği kısıtlanmaktan ve emir almaktan hoşlanmaz. Kendi işini yapmaktan daima keyif alır.

İkizler erkeği çift kısmetlidir. İnsanlarla kolay diyalog kurabilen ve sözünü dinleten bir yapısı vardır. Karşı cins tarafından hemen fark edilir. İşle ilgili konularda yeni fikirler ve yeni projeler üretmekten çok keyif alır. Maddi konularda da değişkendir. Bazen çok bonkör, bazen de çok cimri olabilir. Fakat idare konusunda oldukça zayıftır. Bir konuda derinleşememek gibi bir problemleri vardır.

İkizler erkeği savurganlığı sever ve para konularında fazla başarılı değildir. Duygusal anlamda fazla hassas değildir ve olabildiğince işin mantıklı tarafından bakmayı sever.

İkizler erkeği çok disiplinli bir ev hayatından hoşlanmaz, fakat çok severse evlenip bu evliliği devam ettirmek için çaba harcayabilir.

Yengeç Burcu
(22 Haziran-22 Temmuz)

Genel özellikleri: Nazik, hassas, sempatik, merhametli, düş gücü yüksek. Analık ve babalık duygulan güçlü. Vatansever. Yuva sevgisi. Israrlı. Becerikli. İyi eş. Tutumlu. Aşırı duygusal. Dağınık. Kuşkucu. Değişken. Kıskanç. Zayıf karakterli. Kendine acımaya meyilli. Değişken duygular.

Yengeç Burcu Kadını Genel Özellikleri

Yengeç burcu kadını hoş bir mizaca sahiptir. Evcimen, sıcakkanlı, dürüst ve iyi niyetlidir. Romantik ve maceraya düşkün olduğunu da söylemek mümkündür. Yengeç burcu kadını özellikle evine, ailesine, alışkanlıklarına ve geleneklerine fazlasıyla bağlıdır. Genel anlamda anaç bir portre çizer, ev ortamını ve evle ilgili her şeyi çok sever. İdeal anneler bu burçtan çıkar.

Duygusal anlamda oldukça hassastır ve sezgileri kuvvetlidir. Etrafındaki kişilerin ona karşı niyetlerini kolayca fark edebilir. Yengeç burcu kadını çok kolay kırılıp incinebilir. Çevresindeki insanlarda daima iyi niyet ve şefkat arar. Yengeç burcu kadını cömerttir, fakat savurgan değildir. Tasarruf ve birikim yapmayı fazlasıyla sever. Kendisini güvende hissetmek için maddi anlamda güçlü olmak ister. Yengeç burcu derin duygu ve düşüncelere sahiptir. Kendi hakkında konuşmaktan kesinlikle hoşlanmaz, fakat başkalarına ilişkin konularda fikir yürütmekten keyif alır.

Yengeç burcu kadını eleştirilmeyi sevmez ve olumsuz yönlerini kabul etmekte zorlanır. İkili ilişkilerde partnerine fazlasıyla sadık, fakat bir o kadar da kıskançtır. Onun için asıl olan sevgidir.

Yengeç Burcu Erkeği Genel Özellikleri

Yengeç burcu erkeği nazik, dürüst, ağır başlı ve mağrur yapısıyla dikkat çeker. Duygusal yapısı oldukça hassastır. Sevgi ve saygı onun için vazgeçilmez temel taşlarıdır. Çevresindeki insanlara değer verir ve onlara yardımcı olmaya çalışır. Onların zayıf taraflarından faydalanmaya çalışmak yerine onlara destek olmaya çalışır.

Yengeç burcu erkeğinin keskin ve pratik bir zekası vardır. Analiz yeteneği fazlasıyla gelişmiştir. Olayları kolaylıkla çözümleyebilir. Suyla ilgili her şeyi çok sever. Alkolle arası iyidir. Ayrıca oldukça duygusal yapısı nedeniyle sevdiği zaman tam sever ve kolay kolay vazgeçmez. İlişkilerinde fazlasıyla sadıktır.

Yengeç burcu erkekleri paraya çok önem verir, fakat bunun nedeni maddi anlamda kendini güvende hissetme ve yakınlarının zor duruma düşme ihtimaline karşı tedbirli olmak istemesinden kaynaklanır.

Yengeç burcu erkeği dürüsttür ve kendisine karşı dürüst olunmasından hoşlanır. Yalandan hoşlanmaz ve güvenmediği kişilerle bir arada bulunmaz. Aile ve ev yaşantısına fazlasıyla düşkündür ve en iyi babalar yengeç burcu erkeklerinden çıkar.

Aslan Burcu
(23 Temmuz-22 Ağustos)

Genel özellikleri: Yüce gönüllülük, cömertlik, yaratıcılık, babalık, fedakarlık, üstünlük, neşe. İyi organizasyon ve açık zihin. Otorite, diktatörlük, zorbalık, tantana, züppelik, tolerans göstermemek, sabit fikirlilik, kuvvet deliliği, kendini beğenmişlik.

Aslan Burcu Kadını Genel Özellikleri

Aslan burcu kadını mağrur, kendine güvenen, dürüst, cesur ve iyi niyetli yapısıyla dikkat çeker. Dürüstlük aslan burcu kadını için fazlasıyla önemlidir. Karşı tarafın yalan söylediğini fark ettiği anda ondan soğur ve uzaklaşır.

Aslan burcu kadını rol yapmayı ve farklı görünmeyi sever. Bu ona oyun gibi gelir. İnsanları dişiliğinden ziyade sempatik yaklaşımı ve hoş sohbetiyle etkiler. Canlı, enerjik ve neşelidir.

Değişik insanlarla tanışmaktan ve onlarla dostluk kurmaktan fazlasıyla zevk alır. Fakat dostluk kurduğu insanları özenle seçmeye gayret eder. Herkesle yakınlaşmaktan hoşlanmaz. İyi niyetinin suiistimal edilmesinden hoşlanmaz.

Aslan burcu kadını bağımsızlığına düşkündür ve kısıtlanmaktan hoşlanmaz. Kendine fazlasıyla güvenir ve gururludur. Çalışmaktan büyük keyif alır ve iş konusunda oldukça başarılıdır.

Aslan burcu kadını cömert ve bir o kadar da savruktur. Kolay kolay para biriktiremez, çünkü süsüne ve giyimine fazlasıyla para harcar. Her şeyin en iyisini sever.

Aslan burcu kadını evine bağlı ve eşine sadıktır. Ayrıca çocuklarına da fazlasıyla düşkündür. İçindeki emretme duygusu nedeniyle oldukça sert ve disiplinli bir yapı sergileyebilir.

Aslan Burcu Erkeği Genel Özellikleri

Aslan burcu erkeği ılımlı, zeki, sevecen, romantik ve pratik tavrıyla dikkat çeker. İkili ilişkilerde mükemmel bir eş ve arkadaştır. Gururlu aslan burcu erkeği iltifatlardan ve övgülerden çok keyif alır. Ateş grubundan olduğu için sinirlendiğinde kızgınlığı patlama şeklinde cereyan eder. Kin tutmaz ve kızgınlığı gelip geçicidir.

Hareketli ve neşeli tavırlarıyla dost ortamlarının aranan ve vazgeçilmez kişilerindendir. Rahatına oldukça düşkündür ve lüksü sever. Gezmeyi, eğlenmeyi ve sosyal aktivitelerde bulunmayı çok sever.

Aslan burcu erkeği sorumluluk sahibidir ve işlerinde detaycıdır. Emir almaktan hoşlanmaz ve yönetmeyi sever. Çevresini kolaylıkla etkileyebilir ve popüler olur. Çevresiyle oldukça ilgilidir ve merhametli olduğu için de yakınlarının ve dostlarının dertleriyle ilgilenir. İyi bir dinleyici olan aslan burcu erkeği pratik çözümler üretmek konusunda kabiliyetlidir.

Aslan burcu erkeği dostane tavırları ve girişken yapısıyla çok fazla dost edinir. Romantiktir. Birini sevdiği zaman iyi bir âşık olur. Sadıktır. Evlilikten hoşlanır ve evine bağlıdır. Çocuklarına düşkün ve sevecen bir baba olur.

Aslan burcu erkeği iş konusunda fazlasıyla başarılıdır. Cömerttir, fakat her türlü kötü duruma karşı temkinlidir ve tasarrufu sever.

Başak Burcu
(23 Ağustos-23 Eylül)

Genel özellikleri: Analizcilik, dostluk, dikkat, ustalık, cana yakınlık, temizlik ve titizlik, alçak gönüllülük, giyim merakı, hesap kafası, esprili konuşma, iyilik isteği. Hastalık hastası, işgüzar, aceleci, aşırı tenkitçi ve aşırı titiz, kolay beğenmez, geleneklere sıkı sıkıyabağlı, aşırı meraklı

Başak Burcu Kadını Genel Özellikleri

Başak burcu kadını sorumluluk sahibi, idealist, hırslı, nazik, detaycı ve hassastır. Titizdir ve en ufak ayrıntılara dikkat eden yapısıyla dikkat çeker. Evcimen yapısıyla evine çocuklarına çok düşkündür. Evine vakit ayırmaktan fazlasıyla keyif alır.

Başak burcu kadını hoş mizacıyla dostları tarafından sevilir ve çok sayıda arkadaşı vardır. Mizah anlayışı oldukça gelişmiştir.

Başak burcu kadını çalışkan ve azimlidir. Sorumluluklarını sonuna kadar yerine getirir. Başarmak için elinden gelen tüm çabayı gösterir. Pratik olması nedeniyle olaylara anında müdahale edebilmektedir. Diğer bir taraftan alıngan bir yapısı vardır. Kolayca incinebilir ve darıldığı kişiyi hemen affedemez. Kindar değildir fakat hemen de unutamaz.

Zeki başak burcu kadını sorunları en mantıklı şekilde çözüme ulaştırır. Adalet ve merhamet duygusu fazlasıyla gelişmiştir. İkili ilişkilerde sadık ve anlayışlı bir eş ve arkadaş olur. Mükemmeliyetçidir ve ilişkisine sahip çıkar. Kendisine hayatı hoş bir biçimde sunan şefkatli ve sevecen bir erkekle ömrünün sonuna kadar mutlu olabilir. Çocukları sever ve en iyi biçimde eğitir. Hayatı kontrol edebilmek ona güven verir.

Başak Burcu Erkeği Genel Özellikleri

Başak burcu erkeği inatçı, titiz, detaycı ve mantıklı yapısıyla dikkat çeker. Hoş ve sevecen bir mizacı vardır. Daima bakımlı ve hoş görünmeye dikkat eder. Hırslı ve çalışkandır. Para konusunda tutumludur.

Başak burcu erkeği çevresindeki olumsuzlukları sözünü sakınmadan tenkit edebilir. Eleştirmeyi sever. Fazlasıyla açık sözlüdür. Düşünceli olmasına rağmen hoşuna gitmeyen şeyleri direkt ve net olarak söyler ve kırıcı olabilir. Temizlik onun için çok önemlidir. Bazen aşırıya kaçacak derecede titiz olabilir.

Neşeli ve canlı bir karakter sergiler. Sorunlarla kolaylıkla baş edebilir. Başarı onun için olmazsa olmazlardandır.

Düzensizlik ve disiplinsizlikten hoşlanmaz. Her şeyin yerli yerinde olmasından haz duyar.

Başak burcu erkeği karşı cinste nezaket ve kibarlığa en az temizlik kadar önem verir. Âşık olmaktan korkar, fakat sevdiği zaman da sadık bir erkek olur. Sevdiği kişiyle dost olabilmeyi ister. Evlilikte düşünceli ve saygılı bir eş olur. Çocuklara çok düşkün olmamakla beraber iyi ve sorumluluk sahibi bir baba olacaktır.

Terazi Burcu
(23 Eylül - 22 Ekim)

Genel özellikleri: Güzellik, güzel sanatlarda yetenek, sevimlilik, uyumluluk, zarafet, romantik, diplomatik, incelik, çekicilik, idealist, tarafsız, iyi niyetli, iyi ortak, iyi siyasetçi, yaratıcı ve alımlı, akıllı. Kararsız, alıngan, değişkenlik, flörtçü, dengesizlik, tembellik, çabuk fikir değiştirme, etki altında kalmak.

Terazi Burcu Kadını Genel Özellikleri

Terazi burcu kadını cazibeli, güzel, estetik, yaşam dolu ve uyumlu yapısıyla dikkat çeker. Hoşsohbettir ve insanlarla fikir alışverişinde bulunmaktan keyif alır. İyi huyludur ve güzellikten çok keyif alır.

Güzellik anlayışı çok gelişkin olan terazi burcu kadınının kendine has bir tarzı vardır. Modayı takip etmekten ziyade kendine yakışanı kullanmayı tercih eder. Maddi değerlere fazlasıyla önem verir, çünkü ona göre birçok güzelliğe ulaşmak için maddi güç bir araçtır.

Rahatlıktan ve keyif yapmaktan hoşlanan terazi kadını, zora gelmeyi sevmez. Her şeyin hazır bir şekilde ona sunulmasından çok büyük haz duyar. Ağır işlerle uğraşmak yerine işlerin estetik boyutuyla ilgilenmek onu daha çok mutlu eder.

Terazi burcu kadını neşeli, hassas ve duygusaldır. Olayları kendi duygularına göre yorumlar. Önemli olan kendisinin ne hissettiğidir. Bu nedenle doğru bildiğini uygulamaktan çekinmez. Özgürlüğüne düşkün olan terazi kadını kısıtlanmaktan hoşlanmaz.

Terazi burcu kadını erkekler tarafından kolayca fark edilir, çünkü karşı konulmaz bir cazibesi vardır. Eğer terazi kadını karşı tarafın kendini sevdiğine inanırsa, fazlasıyla sadık ve şehvetli bir eş olacaktır. Onun için evlilikte aşk gereklidir ve sevip de sevilmediği bir ilişkiyi asla devam ettirmez. Sorumsuzluktan hoşlanmayan terazi kadını sürekli ilgi bekler.

Terazi burcu kadını evlilikte kusursuz bir eştir ve çocuklarına düşkün olacaktır. Mutluluğu paylaşmayı seven terazi kadını aile bireylerine bu sevgisini en uygun şekilde yaymayı ve onları bu sevgi çemberinin içinde mutlu etmeyi bilecektir.

Terazi Burcu Erkeği Genel Özellikleri

Terazi burcu erkeği kararsız, duygusal, romantik, iyimser ve yumuşak huylu yapısıyla dikkat çeker. Toplum içinde sevilen ve aranan bir dosttur. Karşılıklı güvene önem verir. Dürüsttür ve herkesin öyle olmasını ister.

Terazi burcu erkeği meraklı ve öğrenmeye açık bir kişilik sergiler. İyi bir konuşmacıdır ve çevresindeki insanları bu yolla kolaylıkla etkiler. Sakinlik ve huzur onun için çok önemlidir ve ani duygusal çıkışlar onu yorar. Bakımlı olmayı sever ve temizliğe fazlasıyla önem verir. Çevresindeki kişilerin de öyle olmasını ister.

Dostlarıyla karşılıklı fikir alışverişinde bulunmaktan hoşlanır. Uzun ve derin sohbetler yapmaktan keyif alır. Hassastır ve duygusal yönü daima ağır basar.

Terazi burcu erkeği ikili ilişkilerde karşı cinste özellikle zerafet, akıl, mantık ve güzellik arar. Sert mizaçlı kadınlar ona hitap etmez. Terazi burcu erkeği aşık olduğu zaman ateşli ve sadık bir partner olacaktır. Sadakat onun için çok önemlidir.

Terazi burcu erkeğinin ilişkileri uzun ömürlü olur. Evlendiği zaman saygılı, sadık, ince ruhlu ve düşünceli bir eş olacaktır. Çocukları sever ve iyi bir baba olmak için tüm çabasını sarf edecektir.

Akrep Burcu
(23 Ekim-21 Kasım)

Genel özellikleri: Sırdaş, duygularım belli etmez, gerçek dost, cazibeli, güçlü, seks sembolü. Çalışkan, kararlı, unutmaz, güçlü sezgiler, güçlü duygular, yüksek hayalgücü, anlayışlı, dikkatli, analitik gücü yüksek, sevgi, pişmanlık. Kindar, kuşkucu, kıskanç, alıngan, dik kafalı, suskun, akrep gibi, alaycı, benmerkezci, ihtiraslı.

Akrep Burcu Kadını Genel Özellikleri

Akrep burcu kadını cazibeli, azimli, hırslı,akıllı ve sezgileri kuvvetli yapısıyla dikkat çeker. Hoş bir mizacı vardır, alçak gönüllü ve yumuşak başlı görünmesine karşın bir o kadar da mağrur ve kibirlidir.

Kıskançlık akrep burcu kadınının mizacında vardır. Kendisinden üstün olan ya da sahip olamadığı her şeyi kıskanabilir. Dostlukları onun için çok önemlidir. Daima çevresinde nüfuzlu dostları bulunur. Yalandan nefret eder. Yalan söylenildiğini hissettiği anda o ortamdan uzaklaşmayı tercih eder. Dürüsttür ve dürüstlüğe fazlasıyla önem verir.

Gururlu akrep burcu kadını doğru bildiği konularda kesinlikle taviz vermez. Cesurdur ve tuttuğunu koparıncaya kadar çabalamaya devam eder. Başarısızlığı hiçbir şekilde kabul etmez. En olumsuz yönü şüpheci olmasıdır. Herkese karşı garip bir şüphecilikle yaklaşır. Kolay kolay karşı tarafa güvenmez. Her ne kadar mantığıyla hareket etse de içten içe fazlasıyla duygusaldır.

Akrep burcu kadını yapılan iyiliği de kötülüğü de unutmaz. İntikam duygusu çok gelişmiştir. Çevresindeki kötü niyetli insanlara karşı suskun kalmayı pek tercih etmez.

Akrep burcu kadını doğal cazibesiyle karşı cinsi fazlasıyla çeker. Bir ilişkide öncelikle sevgi ve saygıya önem verir. Fazlasıyla kıskançtır ve eşini aşırı derecede sahiplenir. Eğer erkek saygılı, aşk dolu ve arzulu bir yaklaşım içinde olursa akrep burcu kadını eşini mutlu etmek için elinden gelen her şeyi yapacaktır. Sahiplenme duygusu fazlasıyla gelişmiştir.

Akrep burcu kadını aşkla sevdiği bir erkekle ömür boyu mutlu olabilir. İlişkisinde sorumluluk sahibidir. İlişkide genelde çocuk istemez, fakat çocuk sahibi olmuşsa sorumluluk sahibi mükemmel bir anne olacaktır.

Akrep Burcu Erkeği Genel Özellikleri

Akrep burcu erkeği arzulu, kararlı, duygusal ve duyarlı yapısıyla dikkat çeker. Neşeli ve hareketli gibi görünse de karamsar bir hali vardır. Hayatın zevklerine aşırı düşkündür. Özellikle yemeğe, alkollü içeceklere ve cinselliğe karşı zaafı vardır.

Akrep burcu erkeği herkese ve her şeye karşı şüpheci tavırlar içindedir. Kimseye kolay kolay güvenmez. Maddiyata çok fazla önem verir. Çünkü maddi anlamda edinilen gücün güven verdiğini düşünür.

Eleştirmeyi seven akrep burcu erkeği tenkit edilmekten hoşlanmaz. Açık sözlü ve güvenilirdir. Dostlarına çok önem verir. Fedakârdır.

Akrep burcu erkeğinin bakışları çok etkilidir. Bakışlarıyla karşı tarafa duygu ve düşüncelerini kolaylıkla ifade edebilir. Çevresindeki insanların kişiliklerine dair tüm detayları anlayabilir ve yorumlayabilir. Analiz yeteneği gelişmiştir.

İkili ilişkilerinde oldukça kıskançtır ve eşini aşırı derecede sahiplenir. Eşiyle gurur duymak ister. Evlenmeye karar verdiğinde arzulu, tutkulu, sadık ve eşinin tüm isteklerini yerine getirmeye çalışan uyumlu bir eş olacaktır. Akrep burcu erkeği iyi bir eş olduğu gibi, çocuklarına karşı da sevecen ve iyi bir baba olacaktır.

Yay Burcu
(22 Kasım - 21 Aralık)

Genel özellikleri: Keyifli, neşeli, iş bilir. Açık zihinli, adapte olur, iyi yargılar, felsefik ve özgürlüğüne düşkün, dışa dönük, dindar, eğitimli, olgun, iyi niyetli, sportmen, yüksek hayal gücü, şanslı. Aşırı iyimser, gürültücü, sorumsuz, kaprisli, ani ilgi, çabuk bıkmak, sabırsızlık.

Yay Burcu Kadını Genel Özellikleri

Yay burcu kadını kültürlü, alımlı, espritüel, duyarlı ve akıllı yönleriyle dikkat çeker. Hassas ve kırılgan bir yapısı vardır. Affedicidir. Zekidir ve kavrama yeteneği kuvvetlidir. Birden fazla konuya ilgi duyabilir ve hepsiyle ilgili bilgi sahibi olabilir.

Yay burcu kadınının sıkılgan ve çabuk bıkan bir yapısı vardır. Huzursuzluktan hoşlanmaz ve huzursuzluk olan ortamlarda fazla bulunmaz. Çevresinde enerjik ve neşeli yapısıyla aranan bir dosttur. Dostlarına çok önem verir ve fedakârdır.

Yay burcu kadını eğlenceye ve gezmeye meraklıdır. Seyahat etmeyi, yeni yerler görmeyi ve yeni insanlarla tanışmayı sever. Maddi anlamda güçlü olmak ister. Para onun için araçtır. Cömert hatta biraz savurgandır.

Karşı cinsle olan ilişkisinde öncelikle arkadaşlığa ve dostluğa önem verir. Özgürlüğüne düşkün olan yay kadını kısıtlanmaktan ve emir almaktan hoşlanmaz. Bu nedenle evlilik ona uzak bir kavram gibi gelmektedir. İlişkisinde kendini kısıtlanmış hissetmezse evlenebilir ve sadık bir eş ve arkadaş olur.

Yay burcu kadını ilgiden ve komplimanlardan çok keyif alır. Çoğu zaman arkadaşlıkla aşkı birbirine karıştıran yay burcu kadını öncelikle karşı tarafta güven ve dostluk arar. Beğendiği insanla sohbet edebilmek ve fikir alışverişinde bulunabilmek onun için çok önemlidir.

Yay burcu kadını evlendiği zaman çok keyifli bir eş ve arkadaş olacaktır. Çocuklara düşkündür ve çocuklarıyla dostluğa dayanan bir ilişki kuracaktır.

Yay Burcu Erkeği Genel Özellikleri

Yay burcu erkeği entelektüel, duyarlı, meraklı, neşeli ve cana yakın yapısıyla dikkat çeker. İyi niyetli ve konuşkandır. Dostlarına düşkündür ve arkadaş canlısıdır.

Hareketsizlik yay burcu erkeğini sıkar. O hep hareketli olmalı ve açık havada bulunmalıdır. Kapalı ortamlarda çok uzun süre kalmaktan hoşlanmaz.

Yay burcu erkeği birçok konuda bilgi sahibidir. Bu da onun meraklı bir yapısı olmasından kaynaklanır. Eleştirmeyi sever ve açık sözlüdür. Bazen bu açık sözlülük pot kırma sınırını da aşabilmektedir. Cömertliğiyle tanınan yay burcu erkeği harcamalarında savurganlık sınırını fazlasıyla aşabilir.

Özgürlüğüne aşırı derecede düşkün olan yay burcu erkeği yalnızlıktan keyif alır, ilişkilerinde kolay kolay bağlanamaz ve evlilikten korkar. Onlar için karşı cinste aradıkları en önemli özellik güzelliğin yanı sıra kafa yapısıdır. Bilgili ve kültürlü kadınlarla sohbet etmekten keyif alır.

Yay burcu erkeği bir kadından hoşlandığı zaman ilgisini yoğun bir biçimde gösterebilir. Fakat daha sonra aradığını bulamadığını anladığında çabucak sıkılıp uzaklaşabilir. Bu nedenle bir yay burcu erkeğini iyice anlamaya çalışmak gerekir.

Yay burcu erkeği gerçekten severse bağlanır ve evlenmekten korkmaz. Çocuklara düşkündür ve ömür boyu mutlu bir evliliği olacaktır.

Oğlak Burcu
(22 Aralık-19 Ocak)

Genel özellikleri: Çalışkan, güvenilir, kararlı, istekli, sabırlı, azimli, tedbirli, disiplinli, plancı, espri gücü, düzenli, sebatkar, azla yetinir, zengin olur, dayanma gücü yüksek, sorumlu, iyi eş, iyi anne baba, mülkiyetçi. Eğilmez, dik başlı, ihtiraslı, kötümser, kuşkucu, kindar, sert, karamsar, yalnızlık meraklısı.

Oğlak Burcu Kadını Genel Özellikleri

Oğlak burcu kadını hırslı, neşeli, evcimen, çalışkan ve dürüst yapısıyla dikkat çeker. Güçlü olmayı sever ve bunun için elinden gelen çabayı gösterir. Bilgi ve kültür zenginliği de onun için önemlidir.

Oğlak burcu kadını karamsar ruh hali nedeniyle kendi kendine bir duvar örer ve kendi önüne engeller koyar. Oysa hırslı ve güçlü yapısı yeterince ön plandadır. Daima kendinden emin olan oğlak burcu kadını kolay kolay çevresindekilere güvenmez ve tutucudur. Hareketleri ölçülüdür. Maddi konularda öyle tutumludurlar ki, bu cimrilik boyutuna varacak derecededir.

Bilgiye çok önem verirler. Nezaket ve kültür onlar için çok önemlidir, bu nedenle kendilerini geliştirmek için canla başla çalışırlar. İş konusunda oldukça hırslı ve iddialıdırlar. Ellerini attıkları tüm işlerde başarılı olabilecek kapasitededirler.

Oğlak burcu kadını oldukça mantıklı ve gerçekçidir. Böylece olaylar karşısında daha çabuk karar geliştirebilmektedir.

Oğlak burcu kadını sevdiği erkeği fazlasıyla sahiplenir ve kendi istediği gibi olmasını ister. Özellikle karşı cinste nezaket ve dürüstlük çok önemlidir. Partnerini özenle seçmeye çalışır. Hayatı dolu dolu yaşamayı seven oğlak burcu kadını sevdiği kişiyle sosyal bir beraberliği olsun ister. Evlendiğinde iyi ve sadık bir eş olacaktır. Çocuklarına karşı neşeli ve sevecen bir anne olacaktır. Fakat aşırı sahiplenme güdüsü nedeniyle biraz emredici bir tutum içinde olabilir.

Oğlak Burcu Erkeği Genel Özellikleri

Oğlak burcu erkeği çalışkan, azimli, hırslı ve sevecen tavırlarıyla dikkati çeker. Maddiyata düşkündür ve çalışmaktan keyif alır. Para kazanmak konusunda üstüne yoktur. Fırsatları değerlendirmeyi iyi bilir. Tutumludur ve tasarrufu sever.

Oğlak burcu erkeği güvenilir, kuralcı ve disiplinlidir. Sistemli ve düzenli olan şeyleri sever. Genellikle şüpheci bir tavrı vardır. Olayları kendi doğrusuna göre değerlendirir ve yorumlar. Duygularını hemen belli etmez. Soğukkanlı bir görünümü vardır.

Oğlak burcu erkeği dostluğa çok önem verir ve dost edindiği kişileri iyi inceler ve seçer. Katı kuralları vardır ve bu kuralların dışına kolay kolay çıkmak istemez.

Oğlak burcu erkeği özgürlüğüne düşkündür ve ikili ilişkilerde karşı tarafın kendisini yönlendirmesinden ve kısıtlamasından hoşlanmaz. Kişiliğine uygun bir kadınla mutlu olur. Sevdiği zaman sadık ve kıskanç bir eş olur. Daha çok akıllı, bakımlı, ne istediğini bilen, kişilikli kadınlardan hoşlanır. İlişkileri uzun sürelidir. Evlilik için uygun bir kişiliği vardır. İdeal bir eş ve ideal bir babadır. Çocuklarını en iyi şekilde yetiştirmek için elinden gelen tüm çabayı seferber edecektir.

Kova Burcu
(20 Ocak-18 Şubat)

Genel özellikleri: Hümanist, bağımsız, dost, mucit, orijinalist, reformist, sadık, vefalı, idealist, entelektüel, yeniliğe meraklı, değişikliği sever, geçmişe bağlı. Umulmadık gariplikler, olmayacak hayaller, isyankârlık, muhalif, sabit fikirli, gelenekleri zorlayıcı, çılgın, tartışmaya meraklı, dikkati çekmek ister, kendini beğenmiş.

Kova Burcu Kadını Genel Özellikleri

Kova burcu kadını özgürlüğüne düşkün, kararlı, becerikli ve değişken yapısıyla dikkati çeker. Neşeli ve keyifli bir kişiliği vardır. Çevresinde aranan ve fikrine önem verilen bir dosttur. Dostluğa çok önem verir ve kendi gibi düşünen insanlarla arkadaşlık etmekten çok keyif alır.

Kova burcu kadını akılcı ve sorunlara pratik çözümler bulan yapısıyla güçlü bir karakter çizer. Çalışkandır ve giriştiği her işte başarılı olur. Maddi konularda savurgandır ve düşüncesizce para harcamayı sever.

Kova burcu kadını kendisini kısıtlayan beraberliklerden uzak durmayı tercih eder. Kişilik olarak zordur. İyi niyetli, kafaca uyuştuğu ve kendisini anlayan bir erkekle mutlu olabilir. Sevdiği zaman mükemmel bir âşık olacak ve ilişkisini keyifli hale getirmek için elinden geleni yapacaktır. Dürüsttür ve güvenilirdir. Çevresindeki insanlara karşı gayet açık ve nettir.

Duygusal anlamda hassastır ve derin hislere sahiptir. Değişikliği ve farklılığı sever ve ilişkisinin de böyle olması için çaba harcar. Hayata dair her şeyi paylaşmayı sever ve iyi bir eş ve arkadaş olur. Evine düşkündür. Eğlenceli bir eş ve düşünceli bir anne olacaktır.

Kova Burcu Erkeği Genel Özellikleri

Kova burcu erkeği nazik, iyimser, özgürlüğüne düşkün ve çok yönlü yapısıyla dikkati çeker. Çok yönlü oluşu zor anlaşılan bir kişilik sergilemesine neden olur. Duygularını kolay kolay belli etmez. Hoş ve neşeli kişiliği toplum içinde sevilen bir insan olmasını sağlar.

Kova burcu erkeği pratik ve çalışkandır. Kendi işini yapmaktan çok keyif alır. Değişiklikten ve farklılıktan keyif alır. Hareketli yaşantısı onu mutlu ve enerjik kılar.

Her anlamda mükemmelliyetçidir ve azla yetinmeyi sevmez. Yeni insanlarla tanışmak ve onlarla fikir alışverişinde bulunmaktan keyif alır. Hal ve tavırlarıyla beğenilen bir insandır.

Kova burcu erkeği dürüstlüğü ve güvenilirliği ile çevresinde hayranlık uyandırır. Sürekli aynı şeyle uğraşmaktan sıkılır ve kolayca yön değiştirebilir.

Kova burcu erkeği ikili ilişkilerinde iyi bir arkadaş ve tutkulu bir aşıktır. Akıllı ve kişilikli kadınlardan hoşlanır. Duygusal ve düşünsel yoğunluğunu paylaşabilecek birini ister. Sevdiği zaman düşünceli ve eğlenceli bir partner olur. Evliliğe yatkındır ve onun gösterdiği farklılığa ayak uydurabilecek biriyle mutlu bir evliliği olur.

Kova burcu erkeği hisli ve karşısındakini iyi algılayabilen bir yapıya sahiptir. Eşini mutlu etmek için elinden geleni yapacaktır. Sadık bir eş ve arkadaş ruhlu bir baba olacaktır. Bağımsızlığına düşkün olduğu için çocuklarını da bu duyguyla yetiştirecektir

Balık Burcu
(19 Şubat - 20 Mart)

Genel özellikleri: Alçak gönüllü, şefkatli ve merhametli, sempatik, hassas, adapte olabilir, etkili, anlayışlı, nazik, sezgili, renkli hayaller, derin duygular, sevgiye düşkünlük, güzel sanatlarda başarılı, iyi niyetli, yardımsever. Belirsizlik, ihmalcilik, gizlilik, kolay dağılmak, zayıf arzular, kararsızlık, mücadeleci değil, karamsar, çekingen, alıngan.

Balık Burcu Kadını Genel Özellikleri

Balık burcu kadını hırslı, tuttuğunu koparan, çekici, sempatik ve iyi huylu tavırlarıyla dikkati çeker. Duygusal ve romantiktir. Evcimen ve evine bağlı bir yapısı vardır. Kendini evinde huzurlu ve rahat hisseder.

Balık burcu kadınının sezgileri kuvvetlidir. Güzel olan her şeyi sever ve rahatına fazlasıyla düşkündür. Toplum içinde dikkati çekmek ister ve kendiyle gurur duyar. İnce ruhludur ve sanata düşkündür.

Kıskanç bir yapısı vardır ve her konuda en iyi olmak ister. İstediği her şeye ulaşmak ister ve bunun için elinden ge-

len çabayı gösterir. Toplum içinde neşeli ve hareketli tavır-
larıyla dikkati çeker. Giyime ve kuşama, bakımlı olmaya
önem verir.

Balık burcu kadını çekici ve hoş mizacıyla beğenilen bir
kadın tipi çizer. Güzel ve zariftir. Aşka önem verir ve duy-
gusal anlamda derin hislere sahiptir. Daima hayalindeki aş-
ka ulaşmak ister. Sevip, sevildiğine inandığı takdirde sadık
ve tutkulu bir aşık olacaktır. Aşk onun için her şeydir. İliş-
kisinde fazlasıyla fedakârdır.

Balık burcu kadını sevdiği erkeği fazlasıyla sahiplenir ve
kıskanır. Evliliğe yatkındır. Çocuklarına ve eşine bağlı olur.

Balık Burcu Erkeği Genel Özellikleri

Balık burcu erkeği nazik, uyumlu, iyimser ve hayalperest
yapısıyla dikkati çeker. Umursamaz tavırları olaylardan faz-
la etkilenmemesine neden olur. Düzenden ve sorumluluk al-
maktan hoşlanmaz. Başına buyruk yaşamaktan keyif alır.

Balık burcu erkeği iş konusunda pratikliği sayesinde ba-
şarılı olur. Art niyetli değildir. İnsanlara kolayca güvenir.

Balık burcu erkeği hayranlık duyduğu kadınlara âşık
olur. Duygusal ve anlayışlı bir yapısı vardır. Sevdiği kadını
mutlu etmek için türlü romantizm oyunlarına başvuracak-
tır. Sanatçı ruhludur ve güzelliğe çok önem verir. Aşk onun
için çok önemlidir. Aradığı kişiyi bulduğuna inanırsa sadık
bir eş olur, yoksa çeşitli maceralar peşinde koşmaya devam
edecektir.

Balık burcu erkeği kişiliğini ve derin duygularını anla-
yan biriyle evlenip ömrünün sonuna kadar mutlu olur. Eşi-
ne ve çocuklarına düşkün, sadık ve düşünceli olacaktır.

Aşkın ve ilişkinin mizahı

*K*umsalda yürüyen adamın ayağına bir şey takılmış. Almak için eğildiğinde bakmış ki sihirli bir lamba.

Adamın aklına o anda masallardaki olay gelmiş. "Belki içinden cin çıkar" deyip başlamış lambayı ovalamaya. Gerçekten de cin çıkmış lambanın içinden.

Adam çok şaşırmış. Cin başlamış konuşmaya:

"Bu ay içinde dördüncü defa çıkarılıyorum. Artık bu işten sıkıldım. Öyle üç dilek tutmak falan yok. Sadece bir dilek tutacaksın."

Adam oturmuş ve bir süre düşünmüş.

"Her zaman Hawaii'ye gitmek istedim ama uçaktan korkuyorum. Gemiyle gidecek olsam beni deniz tutar. Benim için Hawaii'ye bir köprü yaparsan, arabayla oraya gidebilirim." demiş.

Cin gülmüş;

"Bu imkânsız. Bu işin lojistiğini hiç düşündün mü? Köprünün ayakları Pasifik'in dibine nasıl ulaşacak? Ne kadar beton kullanılacak? Ne kadar çelik kullanılacak? Hiç hesapladın mı? Bu iş olmaz. Başka bir dilek söyle bana." demiş.

Adam çaresiz "Tamam" demiş ve başlamış düşünmeye. Sonunda;

"Dört kere evlenip boşandım. Bütün karılarım her zaman duyarsız olduğumu ve onlarla ilgilenmedigimi söylediler. Bu yüzden, kadınları anlayabilmeyi diliyorum. Nasıl hissettiklerini, neden ağladıklarını, bir şey söyledikleri zaman gerçekten ne demek istediklerini, konuşmadıkları zaman ne demek istediklerini, onları nasıl gerçekten mutlu edebileceğimi bilmek..." diye devam ederken Cin adamın sözünü kesmiş:

"Köprü iki şeritli mi olsun, dört şeritli mi olsun?"

* * *

Adam kitabevine girdi, tezgâhtaki gence sordu:

- Sizde "Kadınlara Karşı Zafer Kazanan Erkek" romanı var mı?

Tezgâhtar eliyle az ilerideki rafı gösterdi:

- Var efendim, orada masal kitapları bölümünde bulabilirsiniz.

* * *

Bir kadın oğlunu aklı başında biri yapabilmek için 20 yıl uğraşır. Bir başka kadın gelir, 20 dakikada oğlunun aklını başından alır.

* * *

Dursun bir kıza aşık olmuş. Aşkından da bir şiir yazmış:
"Sabahları yemek yiyemiyorum,
Çünkü seni düşünüyorum.
Öğlenleri yemek yiyemiyorum,
Çünkü seni düşünüyorum.
Akşamları yemek yiyemiyorum,
Çünkü seni düşünüyorum.
Geceleri uyuyamıyorum,
Çünkü açım."

* * *

Aşk bazen...

*U*zun zsaman önce, henüz dünya bile yaratılmamış ve insanlar dünyaya ayak basmamışken, iyi huylar ve kötü huylar ne yapacaklarını bilmez vaziyette ortalıkta dolaşıyorlarmış.

Toplandıkları bir gün, her zamankinden daha sakin otururlarken Saflık ortaya bir fikir atmış:

"Neden saklambaç oynamıyoruz?"

Hepsi bu fikri beğenmiş. Ardından hemen Çılgınlık bağırmış:

"Ben ebe olmak ve saymak istiyorum." demiş. Çılgınlığı arayacak kadar çıldırmadıkları için diğerleri hemen kabul etmiş. Çılgınlık bir ağaca yaslanmış ve saymaya başlamış;

"1, 2, 3..." ve çılgınlık saydıkça iyi huylar ve kötü huylar saklanacak yer aramışlar.

Şefkat, ayın boynuzuna asılmış.

İhanet, çöp yığınının içine girmiş.

Sevgi, bulutların arasına kıvrılmış.

Yalan, bir taşın altına saklanacağını söylemiş, ama yalan söylemiş, çünkü gölün dibine saklanmış.

Tutku, dünyanın merkezine gitmiş.

Para hırsı, bir çuvalın içine girerken çuvalı yırtmış.

Ve çılgınlık saymaya devam etmiş, '79, 80, 81, 82...'

Aşk dışındaki bütün iyi huylar o anda saklanmış. Aşk, kararsız olduğu gibi, nereye saklanacağını da bilmiyormuş.

Çılgınlık "95, 96, 97, ..." sayarak yüze vardığında Aşk, sıçrayıp güllerin arasına girmiş ve saklanmış. Çılgınlık bağırmış:

'Sağım solum sobedir, geliyorum!'

Arkasına döndüğünde, ilk önce tembelliği görmüş, O ayaktaymış çünkü saklanacak enerjisi yokmuş. Sonra şefkati ayın boynuzunda, ihaneti çöplerin arasında, sevgiyi bulutların arasında, yalanı gölün dibinde ve tutkuyu dünyanın merkezinde... Hepsini birer birer bulmuş, biri hariç.

Çılgınlık umutsuzluğa kapılmış, saklanan en son kişiyi bulamamış. Derken Kıskançlık bulunamadığı için çılgınlığın kulağına fısıldamış:

"Aşkı bulamıyorsun. O güllerin arasında saklanıyor."

Bunun üzerine Çılgınlık, çatal şeklinde tahta bir sopa almış ve güllerin arasına çılgınca saplamış, saplamış, saplamış... Ta ki yürek burkan bir haykırma onu durdurana kadar.

Haykırıştan sonra, aşk elleriyle yüzünü kapayarak ortaya çıktığında parmaklarının arasından, gözlerinden sicim gibi kan akıyormuş. Çılgınlık, aşkı bulabilmek için heyecandan aşkın gözlerini çatal sopayla kör etmiş.

"Ne yaptım ben? Ne yaptım ben?" diye bağırmış. "Seni kör ettim. Nasıl onarabilirim?"

a
ş
k

çılgınlıktır.

Aşk cevap vermiş:

"Gözlerimi geri vermezsin ama benim için bir şey yapmak istersen, benim kılavuzum olabilirsin."

Ve o gün bugündür aşkın gözü kördür. Çılgınlık da aşkın yanı başındadır.

İnsanın insana verebileceği en ölümsüz hediyedir sevgi.

Aşk bazen...

*M*oses Mendelssohn yakışıklı bir adam değildi. Bırakın yakışıklılığı, çirkin bir adam demek hiç de yanlış olmazdı: Çok kısa olmasının yanı sıra, çok garip bir de kamburu vardı.

Moses Mendelssohn, bir gün Hamburg'da yaşayan bir işadamını ziyarete gitti. İşadamının, Frumtje adında çok güzel bir kızı vardı. Moses, bu güzel kızı görür görmez umutsuz bir aşkla tutuldu.

Fakat güzel kız, onun çirkin görüntüsünden ürkmüştü. O nedenle, değil onun sevgisine karşılık vermek, yüzüne bile bakmak istemiyordu.

Ayrılma zamanı geldiğinde Moses, güzel kızın üst kattaki odasına çıktı ve tüm cesaretini toplayarak onunla son kez konuşma girişiminde bulundu. Kızın güzelliği öylesine olağanüstüydü ki, bir an için onun cennetten geldiğini bile düşündü. Fakat kızın, başını kaldırıp da yüzüne bakmamaktaki direnci, Moses'ı çok üzdü. Güçlükle başarabildiği konuşması sırasında çirkin âşık, bu güzel kıza bir soru sordu:

"Evliliklerin kutsal bir özelliği olduğuna inanır mısınız?" dedi.

aşk çirkinlikten güzellikler çıkarabilmektir.

"Elbette" diyerek yanıtladı güzel kız. Gözlerini kaldırıp Moses'ın yüzüne yine bile bakmadan bir soru sordu:

"Peki ya siz?"dedi. "Siz inanır mısınız buna?"

Moses bir an bile duraksamadı: "Evet, ben de inanırım" dedi ve ekledi:

"Biliyor musunuz? Her erkek çocuğu doğduğunda Tanrı, onun evleneceği kızı belirlermiş. Benim doğumumda da, benim evleneceğim kız belirlenmiş ve bana;

"Senin karın kambur olacak" demiş. O zaman ben bir istekte bulunmuşum Tanrı'dan.

"Tanrım, kambur bir kadın bir trajedi olur. Lütfen onun kamburluğunu bana ver ve onu güzel bir kadın yap demişim."

Moses'ın bu sözlerinden sonra Frumtje gözlerini yerden kaldırdı. Onun gözlerinin içine baktı ve elini uzatıp, Moses'ın elini tuttu. Daha sonra da onun sevgili eşi oldu.

Bu hikâye bir "peri masalı" değil, ünlü Alman besteci Mendelssohn'un büyükbabası ile büyükannesinin evlenmelerinin öyküsüdür. (Erich Fromm)

Aşk bazen...

*Y*aşlı adam, uzun süredir her sabah yaptığı gibi, o sabah da erkenden kalktı. Her sabah yaptığı gibi, o sabah da özenle traşını oldu, kıyafetlerini özenle seçerek giydi. Bir davete gider gibiydi.

Evden çıktığında, gün doğumunun üzerinde kış mevsiminin gri bulutları vardı. Sokaklar henüz tenha ve karanlıktı. Yavaş ama nereye gideceğini bilen adımlarla yürümeye başladı.

Birkaç dakikalık yürüyüşten sokağın köşesini dönerken birden bir sarsıntıyla yere düştü. Ne olduğunu anlayamamıştı. Sol omzunda hafif bir ağrı ve ne olduğunu anlamaya çalışmanın şaşkınlığı içinde bir baş dönmesi vardı. Bazı sesler kulağına geliyordu ama ne duyduğunu ayırt edemeyecek durumdaydı.

Kısa bir şaşkınlık döneminden sonra etrafındaki birkaç kişinin "hastaneye gidelim" deyişlerini anlamaya başlamıştı.

"Bana ne oldu?" diye sordu. Genç bir delikanlı;

"Çok özür dilerim. Acele ile işe giderken motosikletimle size çarptım. Lütfen hastaneye gidelim ve kontrolunuzu yaptıralım."

Etrafındakiler, yaşlı adamın yorum yapmasını bile beklemeden bir otomobile bindirip yakındaki hastaneye götürdüler kendisini. Acil servisteki görevliler, olayın nasıl olduğunu yanındakilerden dinleyip, yaşlı adamın yüzündeki çiziklere pansuman yaptılar. Daha sonra da vücudunda herhangi bir kırık ya da çatlak olup olmadığını anlamak için röntgen filmi çekeceklerini söylediler.

aşk vefadır.

Bunu duyan yaşlı adam birden huzursuzlandı:

"Gerek yok" dedi. "Hem benim acelem var, gitmem gerekiyor."

Görevliler meraklandılar. Yaşlı bir adamın ne acelesi olabilirdi ki? Görevlilerin meraklı bakışlarını görmüştü:

"Karım huzurevinde kalıyor. Sabahları onunla kahvaltıya giderim, geç kalmak istemiyorum" dedi.

"Karınızın, merak edeceğini düşünüyorsunuz herhalde" dedi bir görevli. Yaşlı adam üzgün bir ifade ile;

"Ne yazık ki karım Alzheimer hastası ve benim kim olduğumu bilmiyor" dedi.

Görevli hayretle "Madem sizin kim olduğunuzu bilmiyor, neden hergün onunla kahvaltı yapmak için koşuşturuyorsunuz?" dedi.

Adam boynunu büktü, ağlamaklı ama kararlı bir ses tonuyla;

"Ama ben onun kim olduğunu biliyorum" dedi.

Aşka dair kimler ne söyledi?

W. Shakespeare: Değişiklikle karşılaşınca değişen aşk, aşk değildir... Aşk gözle değil ruhla görülür.

Mevlana: Bir aşkı başka aşk söndürebilir. Aşkta ne yükseklik, ne alçaklık, ne de akıllılık ve akılsızlık vardır. Hafızlık, şeyhlik, müritlik yoktur. Sadece kepazelik, aşağılık ve rintlik vardır. İnsanın toprağını aşk şebnemi ile yoğurdukları için alemde yüzlerce fitne ve kargaşalık peyda olur. Aşkın yüzlerce neşteri, ruhun damarlarına sokuldu ve oradan gönül adı verilen bir damla aldı.. Aşk öyle engin bir denizdir ki, ne kenarı vardır, ne de ucu bucağı."

Cenap Şehabettin: Kadın olsun, kitap olsun cildine aldanmayıp içindekilere bakılmalıdır.

Aristo: Sevmek acı çekmektir, sevmemek ölmek. Sevmek zevktir ama yalnız sevilmenin hiçbir zevki yoktur.

Augustinus: Sevgi ruhun güzelliğidir.

Franz Xaver Von Baader: Özgürlük aşk değildir, yalnız aşkın kapısıdır.

Baysal Von Hakans: Bence aşk .....dır, onu sevmektir.

François Bacon: Büyük insanlarda, liyakat sahibi olanların kendilerini budalaca aşka kaptırdıkları görülmez. Büyük ruhlar ve büyük işler aşkla uzlaşmaz.

Bailey: Aşk dünyanın en tatlı mutluluğu ile en derin acısından yaratılmıştır.

Balzac: Aşk yaşamında kadın, ancak hünerli bir çalgıcının elinde dile gelen bir lir gibidir. Kadınlar bizleri sevdikleri zaman her suçumuzu bağışlarlar.

Basta: Erkek az fakat sık sever, kadın ise çok ancak bir kez sever.

Jeremy Bentham: Aşk hazzı, dostlukla duyu hazlarından yoğrulmuştur.

Bulor: Aşk, cennetin dilinden bize kalan tek andır.

Antoine Bret: Aşkın ilk soluğu mantığın son soluğudur.

Jacob Boehme: İstek, hareket, genişleme, yön veren tezlere bilgelik eklendiğinde aşk olur.

Baysal Von Hakans: Bence hala aşk ......yı sevmektir. Fikrimde değişiklik yok.

La Cordaire: Aşk, her şeyin başlangıcı, ortası ve sonudur.

Dante: Geniş varlık denizinin her yanında geniş bir aşk akışı vardır. Fiziksel devinim, bitkisel yaşam, zihinsel yaşam... Hep evrensel aşkın derece derece yükselen aşamalarını oluşturur. Aşağı derecelerinde yanılmayan aşk, akılla aydınlandığı zaman iyilik ve kötülüğe eğilim kazanır. Aşk kusursuz olmayan iyiliklerin üzerinde de vardır. Hatta irade, hile ve şiddet kullanmak yoluyla bir başkasının kötülüğüne çalışmış olsa bile yine aşka uyar. Kötülükler aşktan uzaklaşma oranında bir takım derecelere sahiptir ve kötülük aşka yaklaşmak için sarf ettiği güç oranında erdeme yaklaşmış olur...

Eugene De Lacroix: Aşkı anlatabilmek için yeryüzünde var olan dillerden başka bir dil ister.

Descartes: Bir şey kendimiz için iyi, yani uygun gibi sunulmuşsa ona karşı aşk duyarız.

Duclos: Aşk bıkılmayandır. Her şeyden bıkılabilir ama aşktan ... hayır.

Epiktet: Hareket etmenin nedeni 'istek' ve 'sevmektir', bu ise düşünmektir. Aşk tutkudur. İyi ya da kötünün ne olduğunu fark edemeyen insan nasıl sevebilir?

Epikür: Bilge olan evlenmez. Evlense bile aşkın vehimlerine kapılmaz... Bir uygarlığın yetkinliği ve insanlığı, ancak kardeşlik ve sevgiyle olasıdır.

Baysal Von Hakans: Bak bir daha sorma kardeşim. Ben ......yı seviyorum, kimse düşüncemi değiştiremez, ... dahi değiştiremez. O beni sevsin sevmesin, ben onu seviyorum.

Douglas Ferrola: Aşk kızamığa benzer, insan ne kadar geç yakalanırsa o kadar ağır geçer.

Faulkner: Aşkı kitaplara soktukları iyi oldu, yoksa belki de başka yerde yaşayamayacaktı.

Fenelon: Sevmeden yaşamak, yaşamak değildir. Az sevmek ise sürüklenmektir.

Baysal Von Hakans: Aşk arada 6 bin kilometre mesafeye rağmen evimin buğulu penceresine onun adını yazdığımda ve oradan bakınca onu gördüğümde aşktır. Ben onu görüyorum ...... yanımda ona sarılıyorum...

Costance Foster: Sevgi bizi zamanın yıkımından koruyan yıkılmaz bir kaledir.

François M. C. Fourier: Her erkek bütün kadınlara ve bir kadın bütün erkeklere sahiptir.

Freud: Yaşam belirtisinin kökeninde duygulanma; duygulanmanın da temeli aşktır.

Geraldy: Erkeğin yaradılışında sevmek yoktu. Ona aşkı öğreten kadındır.

Baysal Von Hakans: İnanılmaz bir şekilde aşkım katlanarak büyüyor. Ben ......yı seviyorum.

Geothe: Sevilenin kusurlarını hoş görmeyen sevmiyor demektir.

Victor Hugo: Aşk bir deniz, kadın onun kıyısıdır.

Paul Henri D. Holbach: İnsanlara kendi akıllarına saygı duymaları ve cesur olmaları telkin edilmeli ve kendileri için arkasından koşması gereken hayallere gereksinimleri varsa, doğruluk, iyilik ve barış sevgisini benimsemeleri öğretilmelidir.

Holty: Aşk, kulübeyi altından bir saraya benzetir.

Albert Hubbart: Aşk yaşamdır deriz, ancak umutsuz inançsız aşk ölümden beterdir.

Baysal von Hakans: Aşk sen soğuk karların içindeyken içini ısıtan ateştir. İçimi yakan aleve sonsuz teşekkürler.

François La Rocheffoucauld: Tüm duygularımız ve tutkularımız rastlantı ve çıkarın eseridir ve bizim erdem, aşk, karşılık beklemezlik dediğimiz şeyler de hoşgörülerden başka bir şey değildir. Adalet aşkı nedir? Adaletsizlik ıstırabından korkmaktır. Aşk, sahip olduklarımızın bizden alınması korkusudur."

Baysal Von Hakans: Aşk gözlerini kapattığında onun kokusunu duyabilmektir. Onu hissediyorum.

Moliere: Kadınların büyük tutkusu aşkı ilham etmektir. İnsanı aşkın güzellikleri yaşatır.

Baysal Von Hakans: Aşk, aşk. Aşk bu, seni seviyorum...

Montaigne: Aşk utanma ve çekinmenin olduğu yerde vardır.

Mu-Ti: Kim başkasını severse kendisi de sevilecektir. Başkalarını kazandırmış olan kendisi de kazanmış olacaktır. Tüm insanlar kendileri arasında karşılıklı bir sevgi hissederlerse, güçlüler zayıfları avlayamazlar, sayıları çok olanlar daha az sayıdakileri, baskıları altına alamazlar. Zenginler yoksulları asla baskıları altına alamazlar, usta olanlar da beceriksizlerle alay edemezler. Sevgide tarafsızlık, kişisel sevgide yanılmayı önler; tarafsız sevgi kişisel sevginin de güvencesidir.

Newton: Aşk köprü kurmaktır. İnsanlar köprü kuracaklarına duvar ördükleri için yalnız kalırlar.

Robert Owen: İnsana karşı sonsuz bir sevgi ve şefkat duyabilmek için, dinsel inançlardan kurtulmak gerekir.

Pascal: Aşk, iradenin ereğidir. Her çeşit dışsal emir ve baskılardan çok usa uymak gerekir. İradenin gereği olan bu aşktan başlayıp tutkuda sona eren bir yaşam mutludur. Bunlardan birini seçmem gerekse aşkı yeğ tutarım. Biz aşk karakteri ile doğarız. Aşk ruhumuz yetkinleştikçe gelişir ve bizi güzel görünen şeye sürükler. Bundan sonra artık bizim bu alemde sevmekten başka bir şey için var olduğumuzdan kim kuşkulanır? ... Aşkın konusu güzelliktir ve insan evrenin en güzel nesnesi olduğu için dışarıda aradığı bu güzelliğin örneğini kendi içinde bulması gerekir. Bu itibarla insan ancak kendisine benzeyeni ve olabildiği kadar kendisine yaklaşanı sever. Sevmeye başlayınca eskisinden bambaşka bir insan olduğumuzu anlarız. Aşktan söz ede ede insan aşık olur.

Baysal Von Hakans: İspata hazırım, inanmanız için ne gerekiyorsa yaparım. Pişman değilim. ....yı sevmekte, aşık olmakta ne kadar haklı olduğumu tarih size anlatırken ....da ben de tarih olmuş olacağız.

J. J. Rousseau: Aşk mutluluğunu evlendikten sonra da sürdürebilseydik, dünya cennet olurdu. Duygulu gönüller sevginin her türlüsü için duygulu değil mi?

Madame De Scudery: İnsan sevmeye başladı mı, yaşamaya da başlar.

Baysal Von Hakans: Bak kardeşim artık bana sorma ben aşık adamım ve aşkımdan uzaktayım, kavuşunca beraber anlatırız aşkı sana.

Schiller: Ey aşk, güzel ve kısasın... Aşk insanı birliğe, bencillik yalnızlığa götürür.

Seneca: Yalnız akıllı bir insan sevmesini bilir. Sevip de yitirmek, sevmemiş olmaktan daha iyidir.

Stendal: Aşk, coşku ve tutku olduktan sonra insan hiç sarsılmaz. Bunlar olmayınca yaşam neye yarar?

Mark Twain: Hiç kimse uzun süre evli kalmadıkça, gerçek aşkın ne olduğunu anlayamaz.

Voltaire: Aşk bir tablodur, onu doğa çizmiş ve hayal süslemiştir. Tanrı kadınları, erkekleri evcilleştirmek için yarattı.

Oscar Wilde: Erkekler kadınların ilk aşkı, kadınlar da erkeklerin son aşkı olmak ister.

Sonsöz

*H*epimiz mutlu olmak için yaşıyoruz. Ne yaparsak yapalım, kim olursak olalım, ayrıcalıksız hepimizin tek amacı var dünyada; mutlu olmak.

Mutluluğun yolu da sevmek ve sevilmekten geçiyor. Hepimiz sevilmek istiyoruz. Aslında birisini sevmek bile, sevilme duygumuzun bir yansıması. Karşılıklı seviyorsak, benliğimiz (egomuz) tatmin oluyor ve mutlu oluyoruz.

Bizimle ilgilenen birisi, ne olursa olsun o kişiye yakınlık duymamızı sağlıyor. İlgi, bizi mutlu ediyor. Benliğimiz mutlu oluyor.

Benliğimizin karnı hiç doymuyor. Çünkü onun gıdası sevgi. Sevdikçe sevmek, sevildikçe daha çok sevilmek istiyoruz.

Benliğimiz shep tok kalmak, yani hep mutlu olmak için sürekli çabalıyor. Tepeden tırnağa mutlu olmak istiyoruz.

Belki de bitmek bilmeyen "hep mutluluk, daima mutluluk, sonuna kadar mutluluk" isteğimiz bizi ayakta tutan adrenalini yüksek tutuyor bedenimizde.

İyi ki öyle oluyor. Mutluluk isteğimiz hep ayakta olmasa ve bizi sürekli tedirgin etmese, hayatımızdaki birçok şey aynı kalırdı.

Benliğimizin karnını doyurmak için çalışıyoruz. Yani hep daha iyi, hep daha mutlu olmak için didiniyoruz. Hep daha fazlasını, hep daha iyisini ve bunların sürekli olmasını istiyoruz.

Tüm bunları isterken, kendimizi de sürekli inceliyoruz. İyi şeyler yapmak, iyi düşünmek, iyi davranmak durumundayız. Bu beceriyi göstermemiz gerekiyor. Bunun için de tüm varlığımızla ayakta durmak, dingin olmamız gerekiyor.

İlişkilerimizde, dostluklarımızda, sevgilerimizde mutlu olmayı hak ediyoruz. Bütün insanlık da hak ediyor. Onun için insanca duyguları bilmek, anlamak, yaşamak ve yaşatmak durumundayız.

Mutluluk, çeşitli kılıklarda çıkıyor karşımıza. Bizim için hüzün getirdiğini düşündüğümüz bir durum, farkında olmadan mutluluk kaynağımız olabiliyor. Acı dediğimiz şey aslında mutluluğumuzmuş, çok sonra fark ediyoruz.

İşte bunun içindir ki "Aşk bazen…" dedik kitabımızın birçok yerinde.

Sizin de hayatınızda "Aşk bazen çeşitli kılıklarda karşınıza çıkabilir."

Dileğimiz "Aşk daima mutluluk getirsin hepinize."

İŞ DÜNYASI
VE
HAYATIN İÇİNDEN HİKAYELER
Mehmet Öner - Serpil Öner

Her gün çeşitli olayların kahramanları olarak hikayeler yaratıyoruz. Zaten yaşamak başlı başına uzun bir hikaye değil mi? Yaşarken, sevince ve günlük koşuşturmaların içinde hikayelere konu oluyoruz.

Bu kitap, birbirinden ayrı gibi duran, ama asla ayrılmayacak yaşamı, sevgiyi ve iş hayatını biraraya getirmeye çalıştı. Başlıkları ayrı olmasına rağmen, bu hikayeleri ayırdetmek bazen çok zor.

Kitapta iş dünyasını anlatan bir hikayeyi, sevgi dünyanıza rahatlıkla alabilirsiniz. Hayatınızdaki bir olayı, iş dünyanızda yoğurabilirsiniz. Yazdığınız sevgi hikayenizi hayatınızın her alanına uyarlayabilirsiniz.

Kitapta işlenen konuları hikayelerle anlatırken, bazı yerlerde sadece bir hikaye okuyacaksınız. İşte orada, hikaye herşeyi anlatmaktadır, üzerine söyleyecek fazla söz kalmamıştır.

Bu kitabı okurken çok uzun zaman ayırmanıza gerek yok. İstediğiniz bölümü, diğer bölümlere bağlı kalmadan okuyabilirsiniz. Belki bir hikaye sizi günlerce düşündürecek. Bazen eğleneceksiniz, bazen de derin düşüncelere dalacaksınız.

Bir "el altı" kitabı olarak her zaman gözünüzün önünde olacak.

Yayınevinden çağrı,

Yüreği, aklı, sevgisi ve kalemi genç olan sevgili dostlarımız,

Ekonomik bir amaç ve kaygı duymadan kurduğumuz yayınevimiz, kitaplarını yayınlamak isteyen, kalemi genç tüm beyinleri aynı çatı altında toplanmaya davet ediyor.

Sizin de toplumla paylaşmak istediğiniz bilgi birikimlerinizden doğmuş eserleriniz varsa, birlikte çalışabiliriz.

Türkiye'deki yayın dünyasında ilk kez uygulanacak bir iş modeli ile çalışmak istiyorsanız bizimle irtibat kurabilirsiniz.

Bilgi için;
www.creakitap.com adresini ziyaret edebilir veya
bilgi@creakitap.com adresine yazabilirsiniz.